お助け幽霊

同心七之助ふたり捕物帳

芦川淳一

時代小説文庫

角川春樹事務所

目次

第一章　闇鴉《やみがらす》一家

序

夏には怪談が流行《はや》る。

文政《ぶんせい》元年（一八一八）の夏も、芝居小屋や寄席や見世物《みせもの》小屋では、ぞくっと背筋が寒くなるような演《だ》し物に人が群がっていた。

それはみな作り物だが、南町奉行所定町廻《じょうまちまわ》り同心の樫原七之助《かしはらしちのすけ》は、作り物でない怪談の中にいた。

姉の志保《しほ》が幽霊となって出てくるのである。

とはいっても、怖くはない。背筋も凍らない。七之助を叱《しか》ったり、笑わせたりしている姿は、生前と何ら変わるところがなかった。

強いていえば、少し透き通って見えるくらいだろうか。着物も、一番のお気に入りだった桜花の文様をあしらった山葵《わさび》色の小袖《こそで》だけでなく、その日の気分で変えていて、死に装束で出てくるわけではなかった。

一

七之助は、具足町《ぐそく》の古びた隠宅《いんたく》のような家の戸を開けて出てくると、左右を見まわした。

誰も見ている者はいない。

だが、霊となった志保が気にかかり、気配をうかがった。

そんなことをしてみても、七之助には志保の気配など分かるはずもないのだが、ついつい気配をうかがってしまう。

（姉上は、俺との約束を破るようなことはせぬだろう。気にしすぎだ）

七之助は、苦笑いをすると、歩きだした。

路地の角に待たせていた岡っ引《おかぴ》きの由吉《よしきち》は、冷や水売りから買った水を飲んでいるところだった。

「お早いですね」

七之助を見て声をかける。

「様子を見るだけだからな。ほかに用はない」

ぶっきらぼうに七之助は応《こた》えた。

由吉は、ちらりと七之助を見たが、眉《まゆ》を少し動かしただけでなにもいわない。

ここのところ、町廻りのときに、七之助はその隠宅のような家に毎日寄るようになっているが、そこに誰が住んでいるのか由吉は知らず、なぜか訊《き》きにくいので、そのままになっている。

七之助は由吉を従えて、町廻りをつづけた。

まだ二十歳の七之助は、中肉中背で、二枚目とはいえないが、大きな二重の目をしており、愛嬌《あいきょう》がある。ただ、大きな目を見開いていると、ときに間抜け面といわれることがあった。

強面《こわもて》の町方同心が多いなか、線が細く品がよい。そのせいか、どことなく頼りない雰囲気を感じさせる。

由吉は、七之助の父親信一郎《しんいちろう》が定町廻り同心だったころから出入りしており、歳《とし》は三十半ばだ。小柄で小太りで、眉毛が太く、目が丸い。七之助は、由吉を見ると狸《たぬき》のようだなといつも思う。

七之助は、奉行所から帰ってくると、夕餉《ゆうげ》の膳についた。

《このごろ、様子がおかしいよ》
志保が心配そうにいった。
下女のおもとが夕餉の膳を用意しているときから、志保は座っていたが、七之助にしかその姿は見えないし、声も聞こえない。
だから、気をつけないと、七之助が誰もいない宙に向かって話しかけているように見え、頭がおかしくなったのかと思われてしまうおそれがあった。
《なにかあったの》
「なにもない。姉さんの気のせいだ」
素っ気なく七之助は応える。
《そうなのかな……》
志保は、疑わしそうな目で七之助を見た。
「うるさいな。そうやって俺のことを気にしているから、成仏できないんだぜ」
七之助は、志保をにらむように見た。
《だから、町廻りにもついていかないし、なるべく出ないようにしているのじゃない。わたしが出るのは、組屋敷だけでしょ》
志保は心外だという顔をした。

「うむ……それを守ってくれているのはありがたい」

《わたしも、あんたが立派におつとめを果たしているようだから、もう成仏したいのだけれどね……》

志保は首をひねった。

「まだ頼りないと思っているくせに。……まあ、成仏するのは、ゆっくりでいいのだけどね」

七之助は、志保を鬱陶《うっとう》しく思っていたが、いなくなるのは寂しいのだ。

そんな気持ちを見透かすように、

《わたしがいなくなったら、また泣くのじゃないの》

「む……」

七之助は赤くなって、目を伏せた。

志保が亡くなった三月《みつき》前、七之助は心寂しさのあまり己を見失い、自死まで考えたのである。

それというのも、母親粂《くめ》は七之助が五歳のときに、身体を壊して亡くなり、それからは志保が母親代わりになって、七之助を育て、七之助は志保を母親のように慕っていたからだ。

志保が七之助をとくに気にかけているのは、母親代わりの期間が長かったということもあるが、もうひとつ大きな要因があった。

志保が八歳、七之助が三歳で、母の粂が存命のころ、屋敷で二人はかくれんぼをしていた。七之助は長持ちの中に隠れたのだが、志保には七之助を見つけ出せないまま時間が経《た》ち、しまいには、上手《うま》く隠れた七之助のことが癪《しゃく》になってきた。

そこへ近所の友だちが遊びの誘いにきたので、これ幸いと出かけてしまった。

七之助は、いつまで経っても志保が見つけてくれず、暗く狭い長持ちの中にいることが耐えられなくなった。そこから出ようとしたのだが、中から蓋《ふた》を開けることができない。蓋をしたときに、はずみで錠がかかってしまっていたのである。

長持ちの中で、七之助は「姉上！　姉上！」と必死になって志保を呼んだ。

母の粂が長持ちの蓋を開けたときには、七之助は半ば失神しつつも「姉上、姉上」とうわごとのようにいい、その状態がしばらくつづいた。

志保は、こっぴどく叱られたが、それよりも、七之助がおかしくなったことのほうが大きな衝撃だった。

すぐに七之助は元に戻ったのだが、それから狭く暗いところが恐ろしくなり、夜中に暗いところに閉じこめられる悪夢にうなされ、悲鳴を上げることもよくあった。

　このことが志保の心に暗い影を落とした。

　長じてからは、七之助が悪夢にうなされることはなくなったが、志保の目から見ると、実に頼りなく見える。それは、長持ちに閉じこめたせいではないかと、自分を責めてしまうのである。

　志保は、七之助が元服するまでは嫁にいかないといい張った。七之助のことが心配でたまらなかったからだ。

　八丁堀小町とまでいわれた志保は、引く手あまただったが、七之助の元服までは、なんとか我を通した。

　七之助が元服したあとは、そうもいかずに、御家人《ごけにん》の家に請われて嫁になった。ところが、なかなか子ができずに、ついに離縁となってしまった。それは辛《つら》いことではあったが、また七之助の近くにいることができるのは嬉《うれ》しかった。

　そして、八月《やつき》前のことである。

　父親の信一郎が捕物出役《とりものしゅつやく》のときに凶賊と斬《き》り合い、見事に斬り伏せたが、自らも傷を負い、それが因《もと》で亡くなってしまったのである。

　信一郎は、南町奉行所の定町廻り同心だった。奉行所の役目は世襲ではないと一応は決められているが、実際は親の跡目を子が継いだ。

定町廻り同心は、三十代から四十代の経験を積んだ者がなるのが常だが、信一郎の働きに報いたいという奉行の思いと、たまたまつぎのなり手がいなかったことがあり、歳の若い七之助がすぐに父のあとを継ぐことになったのである。

七之助は、父の名に恥じない定町廻り同心になろうと意気盛んなのだか、志保にとっては、どうにも頼りなく思えてしかたがなかった。

志保は、七之助が立派に役目を果たせるかどうかももちろん気がかりだったが、父親の殉職もあり、七之助の身が案じられる。

そんなときに、災難に遭ってしまったのである。

桜の花が満開のころ。

花見に墨田堤《すみだづつみ》に出かけたのだが、暴れ馬に蹴飛《けと》ばされそうになった童女を助けようとして、馬に蹴られて命を落としてしまった。

七之助は、二十歳にして家族をすべて失ってしまった。

悲嘆に暮れ、夜中にひとりでいるときに、死の誘惑に抗《あらが》うことができず、脇差《わきざし》で喉《のど》を突こうとした。

おそらく、心が常の状態でなかったのだろうが、そのままだと本当に喉を突いて死んでいただろう。

七之助を死への誘惑から引き戻したのは、霊となって現れた志保だった。

あまりに七之助が気がかりだったせいで、成仏できずにいたのである。

以来、ここ三月ほど、志保は七之助の目から見れば、少しかすれているだけで、ほぼ以前のままの姿で現れた。

朝、昼、夜と、志保が望めば、いつでも七之助の目の前に現れた。現れないときは、どうしているのかと七之助は訊いたことがある。

志保は、ただぼーっとしているといった。半睡状態のようなものらしい。それでいて、七之助がなにをしているのか、気を向けると分かるのだそうだ。

だから、志保は七之助がなにか問題を抱えこんだときには、すぐに現れた。

ただ躓《つまず》いて足を軽くひねったことくらいでも、すぐに現れる。

それが鬱陶《うっとう》しくなった七之助は、

「これからは、俺が呼んだときだけ現れてくれ」

と、いい渡したのである。

役目を果たすのに、姉の力を頼りにしていては、いつまで経っても一人前の定町廻り同心にはなれないというのが、七之助のいい分だ。

それは、志保にも痛いほど分かることだった。

だから、お役目にあたっているときは、七之助から呼ばれることがないかぎり、自分からは七之助に気を向けずに、なにをしているのか分からないようにした。七之助が深刻な危機に陥った場合は、七之助が自分を呼ばずとも、自《おの》ずと気がつく自信もあったのである。

もちろん、組屋敷にいるときは、いつ現れてもよい。いろいろ茶飲み話をしたいのは七之助も望むことだった。

だが……。

このところ、なにか七之助が隠していることがありそうだと、志保は疑った。

それがなんなのか気になるところだが、七之助から話さないかぎりは、詮索《せんさく》してもうるさがられるだけである。

七之助に勘づかれることなく、そっと様子をうかがってみることもできる。だが、それをすると、七之助との約束を破ることになる。それは、なるべくしたくないことだった。

食事をしている七之助を見ながら、志保はかすかな溜《た》め息をついた。

二

七之助が、毎日訪れている具足町の家には、ひとりの後家《ごけ》が住んでいた。

香苗《かなえ》と知り合ったのは、十日前の夜のことだ。

奉行所での書き物仕事に手こずって、遅くなった七之助は、小者の壮太《そうた》とともに組屋敷への帰途を急いでいた。

すると、近道の路地を入ったところで、ひとりの女が、二人の浪人にからまれている。

「ねえさん、少しぐらいつきあってもよいだろう」

「ほんのちょいと酌《しゃく》をしてくれればよいのだ」

浪人たちは、宵の口だというのに酔っているようだ。

女は、それには応えずにいき過ぎようとするのだが、酔漢たちは、女の前にまわって、とおせんぼをする。

「おやめになってください」

女は、弱々しい声で抗《あらが》うが、男たちはにやつくばかりだ。

七之助は、壮太に手で待てと合図すると、

「おい、なにをしている」

声を上げながら、近寄っていった。

「なんだ……」

二人の浪人は七之助に顔を向けた。

すぐに奉行所の同心だと分かって、怯《ひる》んだ表情になる。

だが、近寄ってくる七之助を見て、莫迦《ばか》にしたような笑みを浮かべた。

黄八丈《きはちじよう》の着流しに五つ紋の長羽織、朱房《しゆぶさ》の十手《じって》が羽織の下からちらりとのぞいては
いるが、どう見ても、七之助には貫禄《かんろく》がない。凄味《すごみ》もない。まだ尻が青い若侍が、八
丁堀同心の格好をしているだけに見える。

「役人なんぞ怖くはない」

「ああ、怪我《けが》をしたくなかったら、さっさと去《い》ね」

二人は嵩《かさ》にかかって七之助を脅した。

「無法なことをしている輩《やから》には容赦はせんぞ」

七之助は、二人の様子にむかっ腹が立った。

二人の浪人相手に怖くはあったが、このところ剣の稽古《けいこ》に精を出しているのと、捕

物出役で実戦も経験しているおかげか、落ち着いていられた。

「痛い目に遭わんと、俺たちの強さが分からんと見えるな」

「腕の一本でもたたっ斬ってやるか」

二人の浪人は、刀に手をかけた。

（この者ら、脅しているだけだが、出方によっては刀を抜くかもしれん）

七之助は、どうやって切り抜けるか思案したが、咄嗟《とっさ》に名案は浮かばない。

しかたなく腰に差した十手を抜いた。

町方同心は、刀よりもまずは十手を使う。

だが、この行為が浪人たちを余計に刺激したようだ。

「そんなもんで俺たちとやりあおうとは、たいした度胸だな」

莫迦にされたと思ったようだ。

ひとりの浪人が、鯉口《こいぐち》を切った。

転瞬、七之助は十手を持って、浪人に向かって跳んだ。

十手で、浪人がいままさに刀を抜こうとする手を思い切りたたいた。

「いっ……」

浪人は、手を押さえてうめく。

もうひとりが、あわてて抜刀しようとするところへ、七之助は十手でその脾腹《ひばら》をついた。

「うぐっ」

腹を押さえてうずくまる。

「こ、こやつめ……」

手を押さえていた浪人は七之助をにらむ。

「お前らは酒に酔っている。それにたいした腕前ではない。大怪我をする前に、早くここから去れ」

七之助は十手をおさめ、今度は刀に手をかけた。

鯉口を切ると、二人の浪人はすごすごと立ち去っていった。

十手ごときで痛い目に遭わされたので、思いの外、七之助が強いと思い知らされたようだ。

（ふう……たいした奴らでなくて助かった）

七之助は、いまになって怖くなってきた。鯉口を戻した手がかすかに震える。

「助けてくださって、ありがとうございました」

礼をいって頭をさげる女を見て、七之助は、その美貌《びぼう》に初めて気がついた。

白蠟《はくろう》のような肌に、すっきりとした形のよい鼻梁《びりよう》、ちいさいが赤い唇が濡《ぬ》れて見える。

すっと背筋が伸び、物腰が武家の雰囲気を漂わせている。

顔色が優れず、疲れているように見えるのが気になった。

「いや、俺は役人ですから、江戸に暮らす者を助けるのは役目です。それより、もう暗くなっているから、このような人けのない路地に、女ひとりでいるのは危ないですよ。早くお帰りなさい」

七之助は、顔を赤らめながら応えた。

女は、切れ長の黒目勝ちの目で七之助を見て、

「わたしは、香苗と申します。すぐ近くに住んでおりますが、所用で遅くなってしまいました。もうしわけありません」

「これからは気をつけてください」

念のために、七之助は壮太を伴って、香苗を家まで送っていった。

香苗のいうとおり、その家は路地を通り抜け、しばらくいった先にあった。

隠宅のようで、香苗は囲い女かなと七之助は思った。

「あの、わたしひとりと下女がいるだけの家でございます。さきほどのお礼に、お寄

りになってくださいませんでしょうか」

香苗は、門の前で七之助に微笑《ほほえ》みかけた。

送り届けるだけと思っていたのだが、香苗の言葉に七之助の心は揺れた。

だが、七之助はそれには及ばないと、その場を立ち去った。

その翌日のことだ。

町廻りの途中、七之助は暑さに喉が渇いた。

日本橋川に近い平松町のあたりで、一軒の茶屋を見つけた七之助は、そこで由吉と一緒に喉をうるおそうと思った。

すると、茶屋から、ひとりの女が出てきた。七之助は、それが香苗だと分かったが、香苗のほうでは七之助に気がつかなかった。

香苗は急いでいるようで、足早に遠ざかっていく。

「お知り合いですかい」

由吉の問いに、

「ああ、ちょっとな」

七之助は曖昧《あいまい》な返事をすると、茶屋に入った。

茶を注文しようとしたときに、床に落ちている布袋に気がついた。赤い端切れを集めて縫った袋はいかにも女の小物入れのようだ。

「それは、さきほどの女のお客さんのものだね。落としたのかね」

七之助から布袋を受け取った茶屋の老婆《ろうば》がいった。

女の客は、しばらくはさきほどの女しかいないという。暑さにめまいがしたといって入ってきたそうだ。

「さきほどの女なら知っている。俺が家に届けてやろう」

七之助は、ふと思いついていった。このとき、なにも下心があったわけではない。ただの親切心からのことだったが、

「じゃあ、頼みますよ」

老婆が布袋を七之助に渡したときに、また香苗に会えると思って心が浮き立ったのは事実だった。

その日、奉行所からの帰り道に、壮太を先に帰して、七之助は香苗の家へ寄った。

そして、茶を馳走《ちそう》になり、身の上話を聞くことになった。

香苗は二十五歳で、七之助の姉志保と同い歳だ。

剣術道場師範代の夫啓介《けいすけ》は、半年前に亡くなっていた。

啓介はさる藩の藩士だったが、香苗とともに江戸に駆け落ちしており、香苗に江戸の係累はいなかった。

駆け落ちの理由は、あまり根掘り葉掘り訊けなかったのだが、どうやら身分が違っていたらしい。香苗の家のほうが啓介の家よりも格が上で、二人の結婚は認められなかったのだ。

いまでは、啓介が師範代をしていたときに貯《た》めた金を切り崩しつつ、お針子をして暮らしを立てているという。

「もうすぐ、この家も出なくてはなりません」

どこか長屋を見つけて移り住もうと思っているそうである。

香苗は、話しているとか弱く思え、七之助よりも五つ歳上なのだが、守ってやらねばと思わせるのである。

そして、どうも香苗は風邪をひいたらしく、顔色すぐれず、咳《せき》もしていた。

七之助は、香苗を放《ほ》っておけず、それ以後、様子を見に、足りないものがあれば買い求めて、毎日立ち寄っていたのである。

三

そのころ、巷《ちまた》では闇鴉《やみがらす》一家という盗賊団が横行していた。

大店《おおだな》ばかりを狙《ねら》う一家で、鮮やかな手口でなんの手がかりも残さない。

必ず、盗んだところに黒い鴉の羽根を残していくので、闇鴉一家と読売が書き、それが通称となっていたのである。

四月と五月に一件ずつの盗みがあり、六月になってからは二軒の店が闇鴉一家の被害に遭っていた。

奉行所では、闇鴉一家を捕まえるために、八方手をつくして手がかりをつかもうとしていた。

だが、なかなか尻尾《しっぽ》をつかむことができず、奉行所の面々は、次第に苛立《いらだ》ちがつのってきていた。

中でも、南町奉行所の定町廻り同心、相馬《そうま》義《ぎ》一郎《いちろう》は、額《ひたい》に青筋を立てて、

「いつまでも無事に盗みができると思うなよ」

と、ぶつぶつとつぶやいていた。

義一郎は、経験を積んだ定町廻りで歳も三十過ぎだ。思い立ったら、荒っぽく大胆な行動をするので、鉄砲同心とか鉄砲の義一郎と呼ばれている。ときに大胆過ぎて失敗することも多く、無鉄砲同心と陰口をたたかれている。本人もそれを知ってはいるが、一向に気にする様子はない。

それだけ正義感が強いのだろうが、功名心も旺盛《おうせい》のようだ。

七之助は、父親の急死と、たまたまつぎのなり手がいなかったので、若年で定町廻りとなったのだが、義一郎はこの異例の抜擢《ばってき》が面白くないらしく、ことあるごとに目の敵《かたき》にしていた。

背が高く痩《や》せぎすで目がぎょろりとした義一郎に見られるだけで、七之助はまた叱られるのかと首をすくめてしまう。

闇鴉一家についての聞きこみなどで遅くなり、七之助が帰ってきたのは、深夜に近かった。

居間で、下女のおもとの淹《い》れてくれた茶を飲んでいると、

《遅かったね》

姉の志保が出てきた。

「ああ、忙しくてな」
志保をちらっと見て、七之助は応えた。
《あのいけすかない奴は、どうしてるの》
「相馬どののことか……機嫌はすこぶる悪い。なんで、そんなことを訊くんだ」
七之助の問いに、
《だって、あんた、仏頂面《ぶっちょうづら》をして元気がないから。また、あいつに難癖つけられたんじゃないかってね》
志保は、義一郎のがさつさや大きな態度を以前から知っており、さらに七之助に怒鳴り散らしているところを見たこともあり、好ましく思っていない。
「それは、闇鴉一家という盗賊団の手がかりがまったく得られないから、どうも意気が上がらないんだ」
七之助は正直にいった。香苗には、役目の愚痴はこぼせないが、志保になら忌憚《きたん》なくいえる。
《お役目のことで思い悩むのは、一人前になったからね》
志保は、頼もしく思った。
「思い悩むだけでは駄目だろう。父上のように、めざましい働きをせんとなあ」

溜め息まじりの七之助の言葉に、
《父上は、それはたいしたものだったけれど、あんたはまだ若いんだから、毎日こつこつとお勤めしていれば、そのうち花が咲くわよ》
「ああ……」
七之助は素っ気なく応えたが、心のうちでは、志保に励まされて気持ちも晴れてきてありがたかった。
《ねえ、その闇鴉一家のことだけど、力を貸そうか》
「え……どうやって」
《そうねえ……夜まわりしてみようか》
「それは物騒だろう」
《なにいってるのよ。わたしは幽霊よ。物騒もなにもないでしょ》
「それはそうだけれど、ほかに悪い霊がいるんじゃないのか」
《……そ、そうね……》
志保は、ぞくっと背筋が寒くなった。
幽霊のくせにと思うが、なにかよくない霊がいそうな気がすることがある。そうしたときは、なるべくその場を離れたり、眠るようにしている。

眠るというのは、生きているときのそれと違い、なにか意識が朦朧《もうろう》とすることとなのだ。そうすると、霊魂がどこか別の場所でゆったりしているような気がする。
そうしたことは、上手く七之助に説明できなかった。
《とにかく、なにか役に立ちたいのよ》
「姉さんは女なんだから、大人しくしていろよ。俺の働きを見て、これでもう安心と思うまでな。そうしたら、無事に成仏できるんだろう」
《でも、わたしだって八丁堀同心の娘なんですからね。血が騒ぐのよ》
「いい歳して、なにいってるんだ」
《もともとお転婆《てんば》だったんですからね。三つ子の魂百までっていうでしょ。幽霊になっても変わらないの》
「はいはい……どうせ、俺がやめろっていっても、なにかするんだろ。ともかく気をつけなよ。幽霊には幽霊の危ない橋ってもんがあるんだろうから」
《じゃ、あとでちょっといってくるね》
「お、おい、本当にいくのか……」
七之助は止めようとしたが、志保はにっこり笑って、ぱっと消えてしまった。

志保は、暗い町中をふらふらと漂っていた。

月の青白い光が、町並みを照らしているが、歩いている人はいない。

ぽかりぽかりと、志保と同じような幽霊が漂っているが、お互いに無関心だ。それに、成仏できないというだけで、みな、悪い気は発してはいない。

志保は、七之助に夜まわりだなどといって出てきたが、どこで押しこみがあるかなど見当もつかない。

《なにか、盗賊の出そうな気配があるかしら……》

と思って、気を研ぎ澄ませてみる。

なにやら人の蠢《うごめ》く気配がした。だが、それが盗人のものなのか、はたまたほかのものなのか、それは分からない。

《大丈夫。わたしは八丁堀同心の娘なのだから》

志保は覚悟を決めると、気配のする方向へ向かった。

そこは黒板塀で囲われた瀟洒《しょうしゃ》な一軒家だった。

いましもその塀を、ひとりの黒装束の者がよじ登っている。

《盗人《ぬすっと》……》

だが、ひとりだけのようで、闇鴉一家のような盗賊団ではない。

ひらりと黒装束は黒板塀の内側へ降り立った。

志保は、塀も家の壁もすり抜けて、家の中へと入ってみた。

中にいる者に、危害が及ばないようにしなくてはいけない。

盗人の先まわりをして、もし寝ている者があるのなら、夢の中にでも入って、無理矢理起こすのがよいかと思う。

だが、起こされた者が盗人に気づき、盗人のほうでも気づけば、争いになってしまうかもしれない。最悪の場合、家の者が傷つくか殺されるかもしれない。

などと思うと、迂闊《うかつ》なことはできない。

《ともかく、家の中の様子は……》

気配を探ると、寝間にひとりの女が寝ていることが分かった。ほかに人の気配はない。女がひとりだけとは、ひどく物騒だ。

行灯《あんどん》に火はついていないが、月の光が差しこんできており、部屋の中は人の目でもぼんやりと見えるだろう。

近寄って寝息をたしかめる。深く眠っているようだ。

盗人はというと、居間で物色をしているのかと思ったが、まっすぐに寝間に向かってきているようだ。

寝間の隅には文箱《ふばこ》があった。

《あの中に金子《きんす》か金目のものでも……》

それを盗人は知っていて、まっしぐらに寝間に向かっているのかと、志保は気が気ではなかった。

無闇に女を起こすと、騒ぎだして、盗人を刺激してしまうかもしれない。

《ああ、どうしよう》

と、迷っているうちに、寝間の障子が開いて、黒い人影が入ってきた。

志保は、寝ている女と盗人のあいだであたふたとした。

盗人が手燭《てしよく》でも使えば、その火を揺らしたり消したりして脅すこともできる。だが、盗人はそのまま寝ている女の枕元ににじり寄った。

《こ、この！　あなた、非道なことは許しませんよ！》

盗人の耳に向かって大声で叫んでみるが、盗人には聞こえない。

すると、盗人は女を覗《のぞ》きこむと、

「お品《しな》さん、俺だ。佳吉《かきち》だ」

耳元でささやいた。

「おい、お品さん」

もう一度ささやくと、

「うーん」

と声を出して、女が目を開けた。

「あら……」

女は驚いた顔をしたが、すぐに笑みを浮かべると、

「佳吉、思い切ったことをするじゃないの」

「へへっ、今日はここに旦那がこないと分かったんでね」

「嬉しい」

女は男の首に手をまわして引き寄せた。

二人は口を吸い合っているようだ。

この光景を、志保はぽかんと口を開けて見ていた。

《なんだ、莫迦莫迦しい……》

志保は、はあっと息をつくと、その場から離れた。

四

志保は、結局なにも得ずして朝を迎えた。
七之助が朝餉《あさげ》をとっているところに現れると、
《まったくの無駄足だった。でも、今夜もつづけてみるけどね》
不満げな顔でいった。
「無理しなくていいよ」
《無理なんかしてない。なにかしないと退屈だしね》
「ただぼーっとしていることができるんだろ」
《それはそうだけど、役に立ちたいのよ》
「とにかく気をつけろよ」
《はいはい。でも、もう死んでるんだから……》
志保はいっている言葉とは裏腹に、深夜の町まわりを思い出すと、気後れするものを感じていた。
幽霊が夜を恐れるというのも妙な話だが、生きているときよりも、禍々《まがまが》しいものの存在を感じてしまうのである。

昨夜は、盗人だと思った男が夜這《よば》いをしていたという莫迦莫迦しい光景を見たあと、しばらく町を彷徨《さまよ》っていたのだが、深更になるにつれ、どこかで禍々しい気配がしたのである。

どうやら、大きな悪意や怨念《おんねん》がつもりにつもった気配のようで、

《あれが悪霊というものかしら》

志保は、思わず身震いをすると、なるべくその気配から遠ざかったのである。

だが、それがどのようなものであるのかは、恐怖から近づいていないので分からなかった。


七之助が奉行所に出仕してしばらくすると、そのまま同心部屋で待機していろという指示があった。

なにごとかと思って同心溜まりで待っていると、与力の藤原帯刀《ふじわらたてわき》が現れた。

「闇鴉一家の動きが分かった」

帯刀の言葉に、一同にどよめきが巻き起こった。

「隠密《おんみつ》廻りの関塚小五郎《せきづかこごろう》が、つきとめてきた」

関塚がどのような方法で、闇鴉一家のことを知ったのかは、帯刀は話さない。

隠密廻り同心は、闇に潜り、何人かの手先を使っている。そのうちの誰かが、闇鴉一家とつながりを持ち、動きを教えてくれたのだろうとは察しがつく。

同心たちは帯刀の指示を固唾《かたず》を飲んで待っている。

「明後日、日本橋北の伊勢町にある米問屋の桑田屋《くわたや》に押し入ろうとしている。一網打尽にする千載一遇の機会と心得るべし。それまで他言無用だ」

帯刀の言葉に、一同はうなずいた。


闇鴉一家捕縛に向けての準備は着々と進んだ。

その日のうちに、桑田屋の周辺で、多くの捕り方たちを待機させておく場所も確保でき、あとは押しこみの夜を待つだけだった。

七之助は、昼間はいつものように由吉を連れて町廻りをしていたが、明後日の捕物出役を思うと、血がたぎってしかたがなかった。

役目が終わると、いつものように小者の壮太を先に帰して、香苗の家に寄った。

香苗の顔色は、いくぶんよくなっている。古びた藍木綿《あいもめん》の浴衣《ゆかた》姿だが、香苗が着ていると、清楚《せいそ》で奥ゆかしい。

「なんだか、今日はいつもと違いますね」

香苗は、七之助を見るといった。

「そうかな。いや、大きな役目の前で、少し気がたかぶっているのかもしれませんね。まだ未熟ゆえのことです」

「大きなお役目ですか。なら、わたしのところになんかお寄りになっている暇はないのでは」

「そんなことはありませんよ。まだ、本調子ではないのでしょう。香苗さんが元気になるまでは、小間使いをしますよ」

「そのお気持ちに甘えてしまって……」

香苗は、済まなそうにうつむいた。

「気にすることはないのです。どうせ、家に帰ってもひとりなのですから」

「お姉さまは、本当にお可哀相《かわいそう》……」

香苗は、一度も会ったことのない志保に思いを馳《は》せているようだ。

七之助は、これまで問わず語りに志保のことを語っていたのである。

「うっかり者の姉のことですから、極楽浄土か地獄へか、道に迷って成仏できずにうろうろしているかもしれませんよ」

「そんなことを仰《おつしや》っては、罰が当たりますわよ」

香苗は、呆《あき》れた顔でいった。

(本当のことだといっても、信じてはもらえないな)

七之助は、思わず苦笑いした。

「それより、大きなお役目って、いったいなんですの」

ずいぶんと元気になってきた香苗の瞳《ひとみ》は、きらきらと好奇心に沸き立っている。

「香苗どのもご存じの闇鴉一家のことなのですが……」

いいさして、七之助は口をつぐんだ。

「闇鴉一家……聞いたことがあります。ここへきて押しこみをつづけている盗賊のことですよね」

香苗の顔が少し青ざめたようだが、興味は薄れていないようで、つづきを聞きたがっているようだ。

「捕物出役が……いや、これ以上はいえんのです」

闇鴉一家の名前を出したこともいけなかったと、七之助は内心舌打ちした。

「あ、そうですね。大事なお役目のことですから、わたしなんかが知ってはいけませんもの。不躾《ぶしつけ》でした」

「俺も余計なことをいいだしたのがいけなかった」

七之助は、小鬢《こびん》をかいた。

それからは捕物のことは避けて、当たり障りのないことを話して家を出た。

（つい、香苗どのには、なんでも話したくなってしまうな）

七之助は、いつものように香苗の家をあとにするときには、心がほっと温かくなるような気がした。この夜もそうだった。

翌日も同じように、昼間は町廻りをして過ごした。夜は、香苗に頼まれた黄表紙《きびょうし》を買い揃《そろ》えて持っていった。

「もう少し休んでいなさいとお医者にいわれて、どうしようかと思っていたのですが、これで暇をつぶせます」

香苗の喜ぶ顔を見て、七之助も嬉しかった。

「明日はこられませんから、なにか買っておくべきものや、しておくべきことがあったら、なんなりといってください」

「いえ、いまのところは足りています。では、明日は、その大きなお役目があるのでしょうか」

「まあ、そんなところです」

「気をつけてくださいましね」

香苗の心配そうな顔を見て、七之助は大丈夫だと胸を張りつつ、案じてくれることへの嬉しさがこみあげてきた。

そして翌日。捕物出役の日だ。

七之助は朝から落ち着かなかった。それは、同輩たちも同様で、これまでまったく手がかりも得られなかった闇鴉一家を一網打尽にする興奮がみなのあいだに充満していたのである。

普段どおりに町廻りをして、いつものように奉行所から組屋敷に帰った。

志保にも、闇鴉一家の手がかりがつかめ、夜には捕物出役だといってある。

《いよいよね》

七之助よりも志保のほうが興奮気味だ。

志保は志保で、夜まわりをしてはいたが、なにも得られていなかった。これ以上、闇鴉一家をのさばらせておけないと、同心の娘としての苛立ちがあった分、捕物出役となったことに喜んでいた。

「姉さんは、しゃしゃり出るなよ。気になってしまうからな」

《分かってるって。でも、ちょっと気がかりなのよ。それとなく力を貸せないかしらね……》
「だから、それでは俺が一人前になれないじゃないか」
《それはそうだけど……とにかく命を粗末にしてはいけないわよ》
「分かってる。粗末にはしない。だが、お役目は命懸けだ」
《……うん》
志保は、なにもいえず、
《じゃあ、出かける前にもう一度出てきて武運を祈るわ。それくらいいいでしょ》
「ああ、姉さんに見送られると力が湧《わ》いてくるよ」
七之助が笑顔でいったので、志保は満足して消えた。
志保にいった言葉は、姉を思って胡麻《ごま》をすったわけではない。たしかに、勇気づけられるのである。
横になって少し眠ることにした。まだ宵の内で暑いし、気が張って眠れないかと思ったが、すぐにまどろみはじめた。
香苗の膝枕《ひざまくら》で耳を掃除してもらっている夢を見ていた。幸福というのはこういうことなのかと、夢の中で思っていると、

「七之助さま。由吉さんが見えました」

小者の壮太に起こされた。

五つ（午後八時ごろ）に、起こしてもらうことになっていたのである。

七之助は支度をすると、壮太と外で待っていた由吉を連れて町へ向かった。

五

集合場所は、伊勢町の空き家である。

外からは誰もいない廃屋に見えるが、油を引いてあるので音が立たない戸を開けると、捕り方たちがひしめいていて、熱気が凄い。

（汗くさいぞ……）

七之助は、思わず鼻をつまみそうになった。

早くから集まってきて、こんなところに押しこめられている捕り方たちは可哀相だと七之助は同情した。

かくいう七之助も、かなりのあいだ押しこめられることになるのだったが。

七之助より遅れて、義一郎もやってきた。

暑苦しさに顔をしかめ、七之助が黙礼すると、顎《あご》をしゃくった。どうやら合図のつもりらしい。

九つ（午前零時ごろ）の鐘が鳴り、そろそろだろうと思っていたが、連絡に走ってくる者はいない。

さらに一刻（約二時間）がのろのろと過ぎた。

「遅せえな。どうなってんだ」

義一郎がたまらずにつぶやく。

それからさらに半刻（約一時間）が過ぎたころ、あわただしく駆けてくる足音が近づいてきた。

空き家に駆けこんできたのは、奉行所からの伝令だった。

岩本町で押しこみ強盗があり、闇鴉一家の仕業らしいということだった。

「なんだと。隠密廻りの話は嘘《うそ》だったたってえことかい」

義一郎がいきり立った。

一度よそに闇鴉一家が現れたとしたら、またこちらに現れるとは考えにくい。だが、一応捕り方たちはいましばらく残すことにして、義一郎と七之助は、岩本町へと向かうべしとの帯刀の指示も伝えられた。

義一郎と七之助、そして由吉、さらに末蔵《すえぞう》という岡っ引きが、夜の町を岩本町へと急いだ。

末蔵は、義一郎から手札をもらっており、色が黒く鼻をひくひくさせる癖がある。鼠《ねずみ》のようだと、かねてより七之助は感じていた。

「おい、俺たちはかつがれたのかよ」

岩本町へ急ぎながら、義一郎が七之助にいった。

「隠密廻りに嘘のたれこみがあったということでしょうか」

「ああ……あるいは……」

義一郎らしくなく、途中でいいよどむ。

おやっと思って顔を見ると、義一郎の目と目が合った。

七之助は、義一郎ににらまれていたのである。

「あの……なにか」

七之助が思わず訊くと、義一郎は無言のまま目を逸《そ》らした。

(なんなのだろう)

いぶかしく思ったが、義一郎ににらまれるのはいつものことなので、すぐに忘れてしまった。

闇鴉一家が押しこみに入った岩本町の味噌《みそ》問屋元木屋《もときや》の周辺は、深夜にもかかわらず騒然としていた。

寝床から起き出した野次馬たちが近所から出てきて、遠まわりにして見ている。

寝苦しい夏の夜だということもあるだろうか。

店の中に入ると、先にきていた同心の風間《かざま》門左衛門《もんざえもん》が苦虫《にがむし》をかみつぶしたような顔をして居間に座っていた。

「まんまと裏をかかれたわ」

義一郎と七之助の顔を交互に見ながら、門左衛門は悔しそうにいった。

門左衛門によると、深夜元木屋の戸をたたく者があり、起き出した手代《てだい》が、戸の内側で寝ぼけ眼《まなこ》で応えると、

「もし、お店《たな》の前に財布が落ちてましたよ。これは立派なものだ。ひょっとしたら、お店のご主人か番頭さんのものじゃありませんかね」

いかにも優しげな声がした。

（そういや、旦那さんはけっこう遅くお帰りになったが、そのときに落としたんだろうか）

手代は戸を開けそうになり、寸前でやめた。

（いやいや、こんな夜中に立派な財布が落ちているのを見つけたら、さっさと懐に入れていっちまうだろう。これは胡散臭《うさんくさ》いぞ）

なんと応えようかと思いめぐらしていると、

「こんな夜中に戸を開けてお渡しするのも、そちらとしては用心するのは当然のことです。ですから戸は開けずにおいてください。財布は店の横の目立たないところに置いておきますから、朝になったらとってください。では、わたしは急ぎますので失礼しますよ」

一方的に話すと、足音が遠ざかっていく。

（どうしよう……いったん寝て朝に財布をとりに出るか……いやまてよ。財布が旦那さんのものでなかったらどうなんだ）

手代は、主人の財布がどのようなものか知っていた。もし違っていたら、懐《ふところ》に入れて自分のものにしてしまえばよい。

外の様子をうかがい、遠くで犬の遠吠《とおぼ》えが聞こえるほかは、なんの音も気配もないことをたしかめると、戸を開けて顔を覗かせた。

あたりには誰もいない。さらに戸を開けて出ると、財布が置いてあるという店の横に進んでいった。

このあとのことをまったく覚えていないと手代はいったそうである。

気がついたら、店の土間の隅に、縄で縛られて放《ほう》り出されていた。

「おそらく財布をとろうと歩いているときに、うしろから殴られたのだろう。欲をかくからいかんのだ」

開いた戸口から賊が侵入し、店の中の者たちをつぎつぎに縛り上げ、置いてあった金を奪っていったのだそうである。

「ひとり手代が賊に抗おうとして頭を殴られたが、大きな瘤《こぶ》ができただけで済んだ。ほかに怪我をした者がいないのが幸いだが……」

門左衛門は、手がかりが得られないことが残念だとつけ加えた。

「闇鴉一家の仕業というからには」

義一郎の問いに、

「うむ。これが主人夫婦が縛られていた寝間に置いてあった」

脇に置いておいたものをとってかざした。それは、鴉の黒い羽根だった。

「畜生！　なんだったんだ、桑田屋へ押しこむというたれこみは」

義一郎の歯ぎしりの音が、七之助の耳に聞こえた。

七之助も憤懣《ふんまん》やるかたない気持ちで、その黒い羽根を見つめていた。

元木屋で盗まれた金子は五百両だった。

これまで闇鴉一家が盗みに入った店では、千両以上の金があったのだが、今度は半分ほどだ。

翌日の同心溜まりでは、暗鬱《あんうつ》な空気が立ちこめていた。

「これは、もともと桑田屋へ押し入るはずが、捕物出役のことが漏れて、いきなり元木屋に変えたのではないのか」

と考える者がほとんどで、

「では、なぜ漏れたのだ」

こうなると、いきおい隠密同心へ疑いの目が向けられた。

「隠密廻りの関塚どのは、手先として使っている者に、実は操られていたのではないだろうか」

つまり木乃伊《ミイラ》取りが木乃伊になってしまったのではないかと、うがった見方を述べたのは門左衛門だ。

「いや、それなら、もっと金のあるところを襲うはずだぜ。此度《こたび》のことは、急に押しこむ先を変えたように思われるのだがな」

義一郎は、関塚から手先へ、その手先から闇鴉一家へと捕物出役のことが漏れたのではといった。

奉行も与力たちも同じ推量を繰り広げ、ともかくも隠密廻りの関塚小五郎を呼べということになった。

奉行に呼ばれた関塚小五郎は、手先として使っている卯吉《うきち》という博奕打《ばくちう》ちは信用ができる男で、闇鴉一家に捕物出役のことを漏らしたとは思えないといった。

「では、なぜ闇鴉一家は、卯吉のいうとおりに伊勢町の桑田屋ではなく、岩本町の元木屋を襲ったのだ。そのわけを知りたい」

「それは……」

奉行の問いに、明確な応えをすることが小五郎にはできなかった。

もしや卯吉が自分を裏切り、捕物出役のことを闇鴉一家に漏らしたのかもしれないという疑念を持ってはいた。

「卯吉が裏切ったのかどうか、それを確かめるために、すぐに捕まえて問いただします。いましばらくお待ちください」

小五郎の願いを奉行は聞き入れた。

ところが、日中は卯吉になかなか連絡が取れない。やはり、卯吉は寝返ったのかと、小五郎が思い始めた夕暮れ、卯吉の死体が大川で見つかった。

六

船頭が見つけた卯吉の死体は、永代橋《えいたいばし》近くで引き上げられた。匕首《あいくち》で腹を刺されたあとに、大川に放りこまれたようだ。

放りこまれたときはまだ生きており、水を飲んだようだ。そのせいで青膨れになっている。

「これはひでえ。腹を刺された上に溺《おぼ》れ死んだとは二重の苦しさだぜ」

死体が運ばれた船番所《ふなばんしょ》で、義一郎が顔をしかめた。

「卯吉は、滅多なことでは正体が露顕するようなヘマはしないと思っていたのだが……無念だ」

死体のかたわらでうなだれていた小五郎が絞り出すような声でいう。

「気がついた奴がいたのか……あるいは」

義一郎は、ちらっと七之助を見た。

七之助も、義一郎とともに船番所にやってきていた。

「あるいは、なんなのだ」

小五郎が訊く。

「どこかで卯吉のことが闇鴉一家に漏れていたってこともあるんじゃねえかな」

「どこかとはどこだ」

「ひょっとしたら、奉行所の中だ」

「な、なにをいう。滅多なことをいうものではないぞ」

小五郎が色めき立つ。

「まあ、そんなこともあろうかとな」

またも義一郎は七之助を見ていった。

いったいなぜだと七之助は思った。これまでは、義一郎に対して気後れして、なるべく視線を避け、難癖つけられても聞き流していたのだが、こうも意味ありげなことがつづくと七之助とて、少々むかついてきた。

「相馬どの、さきほどから、どうも俺に含むところがあるようですが」

精一杯昂然《こうぜん》と顔を上げて、七之助は義一郎にいった。

「おお、やっと訊いてきたか。なに、確たる手証《てしょう》がないので、いえなかったのだが、訊かれてしまえば応えようじゃねえか。ただし、俺の勝手な疑心暗鬼かもしれねえんだがな」

「ぜひ、うかがいましょう」

七之助の顔は紅潮している。

「じゃあいうがな。お前、このところ奉行所を引けたあとに、妙に色気のある後家のところに通いつめているだろう」

義一郎の言葉に、七之助は思わずあっと声を上げた。

予想もしていないことをいきなりいわれて、驚くとともに大きく戸惑った。

「な、なぜそれを……」

「莫迦野郎。お前が鼻の下を長くして、具足町の家に入っていくのを俺の手下《てか》が見たんだよ。それを聞いて、いってえなにしてるのか、そりゃあ気になるじゃねえか。だから、それとなく張らせていたら、毎日通ってるってえじゃねえか」

「そ、それは……」

七之助は赤面して、なんと応えてよいか分からない。

「女のところに通っていたからって、どうってこたねえんだが、万が一、その女のところから、此度の捕物出役のことが漏れていたらとしたら……」

義一郎はじろりと七之助を見た。

「そ、そのような……香苗どのから漏れるなどと……そんなことはあり得ません」

なんということをいうのだと、七之助は怒りがこみあげてきた。

「香苗っていう女だがな、悪い虫がついてるのを知らねえのか」

「悪い虫……」

「ああ、見るからに不逞《ふてい》な浪人が出入りしてるんだそうだ」

「………」

七之助は、そのような浪人を見たこともない。香苗もなにもいわない。義一郎はいったいなにをいっているのか混乱した。

「香苗って女に、捕物出役のことを話してはいねえだろうな」

義一郎は、ぎらりと光る目で七之助をにらんだ。

「は、話してはいません」

七之助は即答したが、果たしてそうかと自信が揺らいだ。

(話してはいない……いないが、闇鴉一家の名前を出し、大きな役目があるといった……)

全身に冷水を浴びせられたような気がした。

奉行所が闇鴉一家の捕縛に血眼になっていることは世に知られていることだ。だから、勘がよければ、七之助の言葉で、闇鴉一家に対する捕物出役が行われるだろうと分かるはずなのである。

（しかし、まさか香苗どのが……）

七之助は、そんなはずはないとかぶりを振った。

その様子を義一郎が疑わしそうな目で見ている。そして、二人の様子を交互に、小五郎がうかがっていた。

「まあ、いまのところは疑わしいってだけだからな、藤原どのなど上役には黙っておいてやるよ。その代わり、早いところ、潔白なら潔白、その逆なら、闇鴉一家までたどりつけねえかやってみろ。それができたら、立派な同心だと認めてやるぜ」

義一郎は、下駄を七之助に預けるようにいった。

七之助は、香苗のところに出入りしている男のことなど、予想だにしていなかったので、どうやって探るか、いや探ること自体が嫌で仕方がない。

だが、香苗の潔白を証明するには、探るほかはないのだ。

香苗に直《じか》に訊いて、なにもうしろ暗いことはないといわれたとしても、それで義一郎が納得するはずもなかった。

重い足をひきずって、七之助は香苗の家を訪れた。

七之助の顔を見た香苗は、顔を輝かせて、

「ご無事でいらしたんですね」

身を案じていたようなことをいう。

「昨日の捕物はしくじりました。端《はな》から押しこみのないところを見張ってたんですからね。押しこみはほかの店で起こりました」

七之助は、香苗の様子をそれとなくうかがいながらいった。

「そうなんですか」

「読売などでご存じでは」

「いいえ、読売は外に出なくては買えませんし、こんなところにまで売子はきませんから」

「そ、それはそうですね。外に出ないで養生したほうがよいといったのは、俺でした、ははは」

七之助は無理に笑うと、男の存在についてどう訊いてみるべきか途方に暮れた。

いつにない七之助のぎこちない様子に、香苗はいぶかしげな表情を浮かべ、

「今日は、どうかされたのですか。ご様子が……」

「いや……まあ、ちと疲れたのかもしれません」

七之助は、切り出すきっかけがつかめない。

そして、ついになにもいいだせずに家を辞してしまった。

《そんなことをしていたの……》

志保は呆れた顔で七之助を見た。

七之助は組屋敷に帰ると、志保に、様子がおかしいのはなにか理由があるのではと詰問された。

香苗のことを話すのには抵抗があったが、八方塞《はっぽうふさ》がりで、志保に相談するしかなかったのである。

「香苗どののところに出入りしている男がどういう者なのか、探らなくてはならないんだが、どうにも気が進まないんだよ」

七之助は、志保に打ち明けたことで、気持ちがいくぶんすっきりした。

《でも、香苗さんという人の潔白を証すためには、探索は必要よ。なんなら、わたしが調べてあげようか。家は具足町にあるのね》

「い、いや、それは……姉さんなら、こっそりと香苗どのの家を見張っていられるだろうが、どうもそれは卑怯《ひきょう》のような気がする」
《なんで卑怯なのよ。由吉に見張ってもらう手もあるけれど、わたしが見張るのと変わらないでしょ》
「いや、そうではないんだ。由吉に命じて見張らせるのは、俺が手をくだしたことになるが、姉さんに頼んだのでは俺になんの責もなく済んでしまう」
《そっちのほうがよいでしょうが》
「違うよ。幽霊に頼むってことがずるいことなんだ。俺が俺の責任でやらなければ正直ではない」
《なにをいってるの。まったく融通が利かないんだから》
志保は、思い切り口をとがらした。
「これから由吉に頼んでみよう。上手くいけば、その浪人の素性が分かるだろう」
《わたしを使えば楽なのにね》
志保は、まだ不満のようだが、自分を使わないといいきった七之助を少しは頼もしく思えた。
「ただ、姉さんにはありがたい気持ちだよ。誰かに胸のうちをさらけ出さないと、ふんぎりがつかなかった」

七之助は、無理に笑いを浮かべた。ただ、少し晴れやかな表情が漂っている。

第二章　迷　走

一

翌日、七之助は由吉に、香苗の家に毎日寄っていたことを話した。

由吉は、七之助が女のところに通っていると勘づいていたようで、話を聞いても驚きはしなかった。

七之助は、由吉に香苗の家を見張ってほしいといった。

日中、浪人が出入りしていることは、義一郎から教えられたので、その浪人のあとを尾《つ》けて身許《みもと》をつきとめるのが目的だ。

奉行所では、義一郎が、

「おい、あの女から浪人の素性を聞いたか」

と声をかけてきたので、

「いえ。直《じか》に訊《き》くと、もし盗人《ぬすっと》の一味だったなら警戒させるかもしれませんので、手下《てか》に探らせることにしました」

と、応《こた》えておいた。嘘《うそ》も方便というやつだ。

「ふん。少しは頭がまわるようになったじゃねえか」

義一郎は、それ以上はなにもいわなかった。

由吉が浪人の住んでいるところと名前をつきとめて、組屋敷にやってきたのは、翌日のうちだった。

「いやあ、まいりましたよ。相馬さまの手下の末蔵も見張ってやしてね。浪人のつるんでいる仲間を探ろうとしているってんですよ」

由吉は、額の汗を拭《ぬぐ》っていった。

義一郎は、すべて七之助に下駄を預けたわけではなく、自分でも探索を命じていたのである。

「そうか……で、その浪人の身許は分かったのか」

「名前は井草万五郎《いぐさまんごろう》というそうで、馬喰町《ばくろ》の安宿に泊まってやす。そこに、同じような浪人たちがたむろしているんですよ」

「そいつらはなにをしているのだ」

「宿の主人にそれとなく訊いたら、ただの食い詰め浪人たちが集まっているんだろうってことなんでやすがね」

「押し入りがあった夜は、どうしていたのか訊いたか」

「毎晩、出入りがあるんで、よく分からないそうでやす。主人には口止めしておきましたが、そのために、ちと金が要りました」

「これで足りるか」

七之助は、由吉に一分《ぶ》を渡した。

「へえ、これで充分でやす。ただ、金を渡したからって安心はできやせんが」

「金になるのなら、すぐに転ぶのだろうな。ならば、早く浪人たちの尻尾をつかまねばならん。闇鴉《やみがらす》一家と掛かり合いがないとよいのだが」

七之助は、つい本音を漏らした。

「香苗さんとの掛かり合いなんですがね」

由吉の言葉に、七之助ははっとした。それこそが本当は、もっとも知りたいことだったのだが、はっきり知ることが怖くて、真っ先には訊けなかったのである。

「どのような掛かり合いなのだ」

「それが、どうも分からねえんで」

構えていた分、七之助はその応えにがっくりとした。それが表情に表れてしまったようで、

「すみやせん。ですが一日では、なかなか」

由吉は弁解する。

「仕方がないことだ。このままずるずると日を送ってしまうのは、得策ではないだろう。やはり、俺がそれとなく訊いてみるのがよいのかな」

七之助は、腕を組んで思案に暮れた。

早く白黒つけないと、義一郎がなにをするか分からない。


その日の夕刻、七之助は香苗の家を訪れた。

身体の加減を聞き、当たり障りのない世間話をしたあと、

「小耳にはさんだのですが、この家から浪人者が出ていくのを見たという者がいるのです。ひとは根も葉もない噂《うわさ》を流すものですな」

呆《あき》れたという顔をわざとして、七之助はいった。

さて、どう反応するかと思っていると、

「い、いえ、それは本当のことです」

いくぶんあわてたような素振りで香苗は応えると、

「その浪人者というのは、わたしの兄なのです」

顔をしかめた。

「え……兄じゃが、いるのですか」

「はい。いままで黙っていてすみません……」

目を伏せて香苗はいう。

これは意外な展開になったと七之助は驚いた。

兄がいるのなら、自分が香苗の面倒を見ることもなかったのかと思う。

七之助の思いを感じたのか、

「兄は、まったく頼りにならないのです。それどころか、わたしのお金を当てにして、無心にくるのです」

声が消え入りそうだ。

（香苗どのは、実の兄を恥じているようだな）

こうなったら、なにをしている男なのか、訊きださなくてはいけないと、七之助は腹を据えた。

もし、兄が闇鴉一家だったり、なんらかのつながりがあったとしたら、香苗にその気はなくとも、捕物出役《とりものしゅつやく》のことが漏れたとも考えられる。

「同じ武士同士、相身互いというから、兄じゃのことを話してくださいませんか。なにか力になれることがあるかもしれません」

「ありがとうございます。とはいっても、わたしも兄がなにをしているのか、よく分からないのです」

香苗は、兄のことをぽつりぽつりと話し出した。

兄の井草万五郎は、十年前の十七歳のころに家を飛びだしてしまい、香苗が駆け落ちしたころも戻ってはいなかった。

それがつい三月ほど前、偶然にも、故郷とは遠く離れた江戸でばったりと再会したのだそうだ。

「縫い上がった着物を持って紺屋《こんや》町の道を歩いているときに、おい、お前、香苗だろうと声をかけられたときには驚きました。そして、兄が無事でいることが嬉《うれ》しかったのです」

万五郎は着流しの浪人姿だったが、垢《あか》じみてはおらず、むしろこざっぱりとして見えた。

近くの茶屋に入り、積もる話をしたのだが、香苗ばかり話しており、万五郎は自分のことはあまり話さなかった。

いまいる家にきて、一緒に暮らさないかと持ちかけてみたが、いずれ厄介になるかもしれないが、いまはよいということだった。

どこに住んでいるのかと訊くと、旅籠《はたご》にいるという。そして、上手《うま》くいけば仕官できそうだといった。

「浪人者が仕官できるとするならば、よほどのつてがあるか、剣か学問が秀でているのでしょうね」

仕官が本当ならばという条件つきだが、七之助が感心していると、

「つてがあるかどうかは知りませんし、故郷にいるときに、学問は十人並みでしたが、剣の腕はたいしたものだったようです」

香苗は、自《おの》ずと聞こえてくる兄の評判で知ったそうだ。事実、よく庭で素振りをしていたそうで、それが気迫のこもったものだということは、剣とは無縁の香苗にも伝わってきたのだといった。

「それはぜひ、お会いしたいものです。剣については、俺もこのごろ精進しているものですから」

それは嘘ではなく、一人前の定町廻《じょうまちまわ》り同心になるために、心を磨くためと実際的な力をつけるために、暇があれば道場に通っているのである。

香苗に会うために、以前ほどではなくなってはいるのだが……。

「はい。樫原さまのことは話してあるのです。自分が面倒を見てやれず、金を借りてばかりなのに、かたじけないと……ただ、人見知りをするたちでして、先延ばしをしておりました。今度は、ぜひお会いするように話してみます」

「ぜひ、お願いします」

自分のことを話してあるのなら、八丁堀の役人であることは知られていることになる。ということは、捕物出役の件が漏れている可能性はあった。

（まずいな……）

七之助は、自分の迂闊《うかつ》さに、いまさらだが愕然《がくぜん》とする思いがした。

それ以上、いまの万五郎について訊くのはやめた。香苗はともかく、根掘り葉掘り訊かれたと伝わると、万五郎が怪しむだろうからだ。

香苗の家を辞したときは、すでに夕闇《ゆうやみ》が垂れこめていた。

ほんのりと明るさの残った空を、蝙蝠《こうもり》の黒い影が横切った。

二

組屋敷に帰ってきた七之助が鬱々《うつうつ》としているので、志保は気が気ではなかった。

だからといって、訊くのもはばかられた。自分からいいださないかぎり、うるさがられるだけだ。
夕餉《ゆうげ》もあまり手をつけないし、姿を現した志保にも、あまり話しかけてこないのが焦《じ》れったい。
《七之助、なにがあったか知らないけれど、そんなにじめついていたら、こっちにきてしまうよ》
「こっちって、幽霊になるってことかい」
《そうよ。暗く悪い気は、死へとつながってるの》
「姉上、なんだか分かったようなことをいうが、本当か」
《そんな気がするのよ》
「なんだ」
《なんだはないでしょ。本物の幽霊がそんな気がするのだから、それは本当に違いないでしょう》
「ふーむ。そういわれると、なにもいえん」
七之助は、志保とこんなやりとりをしているだけで、気分が少しほぐれてきた。
《……それで、どうなのよ。なにか分かったの》

「香苗どのの家に出入りしていた浪人は、香苗どのがいうには兄じゃだった。井草万五郎というそうで、香苗どのの姓は倉持《くらもち》だが、それは駆け落ちとはいえ、亡き夫の啓介どのの姓を名乗っているから妙ではない」

《ふうん……》

本当だろうかと、志保は思う。香苗の嘘ではないかと。

「姉上、香苗どのが嘘をついていると思ってはいないかい」

《えっ……いいえ、そんなことはないわよ》

図星だったので、志保はどきまぎした。

「そうかな……まあ、いいが」

七之助は、疑わしそうな目つきをして志保を見たが、

「その兄じゃがなにをしているのかが分からないのだ。香苗どのの話では、ただの浪人だったのだが、近いうちに仕官が決まりそうだという。だが、万が一、闇鴉一家だったとしたら……」

《……お役御免だけでは済まないわね》

「うむ……」

切腹ものだとは、二人とも口には出さなかった。

《やはり、わたしが調べてみよう。ね、それでいいでしょ》
「だが……」
《真実は早く分かったほうがいい。もし闇鴉一家だったとしても、なにか手を打つことができるのじゃなくて》
「どういうことだ」
《こっちから逆に罠《わな》をしかけるのよ。一網打尽にすれば、あんたの手柄になる》
「………」
志保のいうことは、思ってもみなかったことだ。
（香苗どのをとおして罠をかけて、闇鴉一家を捕まえるということか）
自分がそんなことをすると思うと、背筋に悪寒《おかん》が走った。香苗には、そんなことをしたくはない。
《案ずることはないのよ。まだ香苗さんの兄さんが闇鴉一家と決まったわけではないしね》
志保がなだめるようにいう。
「それはそうだが、俺はそんなことは……」
七之助の言葉をさえぎって、

《迷っている場合ではないでしょ。わたし、調べてみるからね》

「ちょ、ちょっと待……」

七之助が止める間もなく、志保は消えてしまった。

「姉上……」

これからどうなるのか、七之助は途方に暮れる思いがしていた。


志保は、香苗の兄だという浪人を探ろうと思ったのだが、どこにいるどのような者なのか皆目分からない。

馬喰町の旅籠にいるということも聞いていない。

《七之助に反対されるからと思って、なにも聞かずに飛び出てきたけれど、これじゃあどうしようもないじゃないの》

自分自身に腹が立つ。

ふらりと八丁堀から楓川《もみじがわ》のあたりまで上空を漂いつつ、香苗の家らしき気配を探っていると……。

「おい、こら、なにをしておる」

鋭い声が耳に響いた。

見れば、楓川に架かった弾正橋《だんじょうばし》の真ん中で、仁王立ちになった山伏《やまぶし》が、上を向き、志保をにらんでいる。

鈴懸《すずかけ》の法衣《ほうえ》をまとい、結袈裟《ゆいげさ》をかけ、手には錫杖《しゃくじょう》を持っている。

やけに大きな団子っ鼻が顔の半分ほどを占め、目も口も小さい。

《うわっ、玄斎《げんさい》！》

志保は逃げ出そうかと思ったが、相手が悪いと思い直した。

大人しく地上に降りて、玄斎の近くに寄った。

玄斎は、いまのところ、七之助のほかに志保を見ることのできる人物だ。

七之助と歩いているときに、偶然出くわし、禍々《まがまが》しいものと思われてしまった。

玄斎に九字《くじ》を切られ、呪文《じゅもん》まで唱えられて、志保ははじき飛ばされ、身体がばらばらになったように感じた途端、気を失ってしまったのである。

気を失ってしまったといっても、幽霊が倒れているわけではない。姿が消えてしまったのだが、志保はそのあいだの記憶はない。

「まだ成仏してはおらんのだな。よほど強い執念だの。弟の身体は大丈夫か」

玄斎は志保を覗《のぞ》きこむようにしていった。

志保は腰をかがめて辞儀をすると、七之助は大丈夫だと伝えるために、頭を上下にこくんこくんと二度も動かした。

玄斎には志保の姿が、七之助が見るようにはっきりと見えているわけではなく、言葉も聞こえない。

「ふむ、ならよいがの。早く成仏するのだぞ」

はいはいと志保はまたも頭を上下させた。

「その場しのぎに相槌《あいづち》を打っているだけではないのか」

玄斎は、痛いところを突いてきた。

志保はまだ成仏したくはないのだ。まだまだ一人前ではない七之助のそばに、なるべく長くいてあげたい。

《違いますよ。わたしだって早く成仏したいですよ》

どうせ聞こえはしないだろうが、声を出しながら、首を横に振った。

「嘘ではないのだな。ならば、いま少し大目に見てやってもよいが……明日にでも、弟御の様子を見てみよう。明らかに弱っているようなら、お前が精を吸い取っているせいだ。容赦なく祓《はら》ってやるからな」

最後のほうは声を低めに、脅すようにいった。

《はい、承知しました》

志保は殊勝にうなずく。

果たして玄斎にどれだけの法力があるのか知らないが、触らぬ神に祟《たた》りなしだ。なるべく従順を装っておいて損はない。

「ならばいけ。今宵は、月がさやかだ。お前も、この月夜を楽しむがよい」

風流な言葉が似合わないと志保は思ったが、またひとつ辞儀をすると、すっと玄斎の前から消えた。

消えた途端、瞬時に、志保は遠くへ跳んだ。

そこは、八丁堀から中洲を飛び越え、大川に架かる永代橋《えいたいばし》の上だった。

玄斎からなるべく離れたいという気持ちが、志保を遠くへ運んだのである。

大川端には霊が多い。

志保と同じ浮遊霊や、その場所を離れない地縛霊もいる。なるべく見ないようにして、志保はさてどこへいこうかと思案していると……。

なにやら嫌な気分になってくる。

《土左衛門の霊かしら……なにか、嫌なものが近くにいる》

永代橋をふらふらと動きながら、志保はその正体が気になった。

すると、ほどなく永代橋の袂《たもと》あたりに、黒くもやもやとしたものが見えた。

目を凝らすと、どうやら町方の男の姿をしているようで、生きている人ではなく、明らかに志保と同じ幽霊だ。
周囲に、漠然とした暗鬱な気を放っている。
《あれじゃあ、近くにきた生きている人も、具合が悪くなりそうね》
志保は、しばらくその霊を見ていたが、亡くなったばかりのようで、自分がいまどのような状況にあるのか、教えてあげないといけない気がした。
《でも、なんでわたしが……余計なお節介じゃないかしら》
などと逡巡《しゅんじゅん》したが、ほかに寄っていく霊もなさそうなので、ゆっくりと近づいていった。
近づくにつれて、男が全身濡《ぬ》れ鼠《ねずみ》で、腹のあたりから血がぽたぽたと流れ落ちているのが見えてきた。

三

男は、ぐっしょり濡れているのも気にせず、血が流れてくる腹を押さえるでもなく、ただ暗い表情をして突っ立っている。

頬は削《そ》げて、目がぎょろっとしており、幽霊なので、さらに悽愴《せいそう》に見える。
堅気のようではなく、博奕打《ばくちう》ちのような雰囲気だ。
腹から血が流れているとはいっても、地面に落ちると消えていってしまう。
志保はおずおずと近寄り、
《あなた、痛そうね。どうしたの》
なるべく優しく声をかけた。
男は、声で志保のことに気がつき、ギョッとした顔を向ける。
《お、俺がどうしたって……なんのことだ》
《自分の姿を見てみなさいよ。お腹《なか》から血が出てるわよ》
《えっ……》
男は、腹を見て手をやり、その手を目の前に持ってきた。
《本当だ。血だ……それに、俺はずぶ濡れだ》
初めてそれを知ったようなことをいう。
《自分が死んだのかどうかも分からないのね。わたしも、最初はそうだった》
《俺が死んだ……》
男はぽかんと口を開けた。その目は志保ではなく、宙を見ている。

《手先……》
志保の問いに、
《お、俺は……卯吉というんだ。そうだ、俺は……俺は、関塚さまに恩があって、手先となって働いていた》
《手先……》
志保は、七之助が隠密《おんみつ》同心の手先が殺されたと話していたことを思い出した。
《関塚さまというのは、隠密同心のおかたね》
《そうだ。なぜ、それを知っている》
《わたしの弟が、南町奉行所の定町廻り同心なの》
《そ、そうか。関塚さまも南町だと聞いているぜ》
卯吉と志保の気持ちがぐっと近づいた。
《あなたを刺した男は誰なの。どんな男だった。なにか分かったら、弟に教えてあげるんだから》
せっつく志保に、
《それが、頭の中に霞《かすみ》がかかったようでよ、よく思い出せねえんだ。腹を刺されたんだよな……それで、気がついたら、ここに立ってた。ずっと立ってた》

《なにか、ほかに思い出せないの》
《少しずつ頭がはっきりしてきてるから、ちょっと待ってくれよ……》
卯吉は目を閉じて、じっと思い出していたが、
《そうだ、酒を呑《の》んで帰る途中だったんだ。物陰から、いきなり男が飛びだしてきて……ああっ、あいつだ、あの野郎だ！　闇鴉一家の市助《いちすけ》だ》
卯吉の頭の靄《もや》がついに晴れたようだ。
《その市助って男は、どこにいるの》
《住処《すみか》は知らねえ。両国広小路《りょうごくひろこうじ》近くの米沢町に樽源《たるげん》ってえ居酒屋があるんだが、そこで出会ったんだ。樽源って居酒屋は、悪い奴らの溜《た》まり場でな。俺は、顔見知りの盗人連中に上手く話を持ちかけて、闇鴉一家ってのに入りたいっていってたんだ。そしたら、あいつが近づいてきた。つぎの押しこみが終わったら、仲間に入れてやるって話だったんだが……》
《そのつぎの押しこみ先を聞いて、関塚さまに教えたのね》
《そうだが……その押しこみはどうなったんだ》
《裏をかかれて、ほかの店に押しこまれたのよ》
《そ、そうなのか……ということは、俺のせいか。俺は騙《だま》したつもりで騙されてたの

か。なんて、こったい》

卯吉は、悄然《しょうぜん》とうなだれ、

《あーあ、関塚さまの顔に泥を塗っちまったぜ。申し訳ないことをしたなあ……》

しきりに嘆いていたが、やがて顔を前に向け、

《俺は、市助の野郎に騙され、そして殺されたんだ。畜生、ぶっ殺してやる》

目にめらめらと怒りの炎を燃やした。

《祟ってやるの？》

《ああ。だが、どうやって祟ればよいのか分からねえ。あんた知ってるか》

《知らないわよ。その男のところへいってみればできるかもしれないんじゃない》

《そうか。やってみるぜ……だがよ、どうもまだしっくりこねえんだが、俺は本当に死んだのかよ》

卯吉は、ずぶ濡れの身体を眺めまわし、あらためて腹の傷を触った。そして、おそるおそる傷口をなでていたが、なにを思ったのか、傷口に指を入れた。

《痛くねえじゃねえか》

そのまま指をずぶずぶと入れていく。ついに手首まで入ってしまった。

志保は、思わず目をそむけた。

《くそっ……》
卯吉の悪態で、志保が目を戻すと、卯吉は腹から抜いた手を見て呆然《ぼうぜん》とした表情をしていた。
《おい、あんた、さっき……自分も俺と同じだといってたが、あんたも死んでるのか……》
いまさらながら志保に訊く。
《そうよ》
《それにしちゃあ、こざっぱりした格好だな。よそゆきみてえだ》
志保の井桁《いげた》模様の絣《かすり》を見ていった。
《わたしもはじめは、暴れ馬にはねられて、血と泥にまみれたままだったのよ。いまでは好きな着物を着ていられるけれど》
《どうすりゃあ、俺もそうできるんだ》
《……自然にできるはずよ。でも、そんなことに器用にならないほうがいいわ》
《なぜだ》
《さっきは祟るなんていってたけど、悪いことはいわないから四十九日がきたら、ちゃんと成仏しなさい。わたしはできなかった》

《なんでできない》
《この世に思い残したことがあって、その思いが強かったみたいなのよ》
《ふうん……俺は、俺を殺したあの野郎が憎い。仕返しをしてやりたい》
《怨念が強いのね。そのほかになにか思い残していることはあるの》
《別にねえよ。親も兄弟もいねえしな。いい交わした女もいやしねえ》
《じゃあ、やっぱり怨念を捨てて成仏しなさいな。そのほうがいいわよ》
《そうはいかねえよ》
《しょうがないわね……まあ、しかたないか。それで、その市助って男のことだけど、どんな顔をしているとか教えてくれない。弟に教えたいのだけれど》
《同心の弟か。捕まえる前に、俺が呪《のろ》い殺してやるから、教えたってしょうがねえと思うがな……奴は、小柄でがっしりして、眉毛《まゆげ》が太いぜ》
《それじゃあ、見分けがつかないわね。もっとほかに目立つところはないの》
《ねえなあ……声が高いかな。あ、そういや、俺を刺したときに、俺は野郎の腕をつかんだんだ。あいつは、それを振りほどこうとしたもんだから、俺の爪《つめ》が腕をずいぶんとひっかいたはずだぜ。爪が伸びてたからよ》
卯吉は、右手を差し出した。なるほど、不精で爪を切らずにいたのか、汚い爪が長く伸びている。

《あのね、呪い殺すのは、もう少し待ってくれないかしら。闇鴉一家を一網打尽にすることができなくなるでしょ》

《……そうだな。俺も関塚さまの手先だったんだ。それは分かるぜ。だけどよ、早くしてくれよ。いらいらしてくるから》

《分かった》

志保は、卯吉に別れを告げて組屋敷に戻っていった。

卯吉は、永代橋の袂で、所在無げに立ちつくしていた。

組屋敷に現れた志保から、殺された卯吉の話を聞いた七之助は、驚くとともに、その手がかりに浮き立つ思いがした。

「姉上、手がかりを得てくれてかたじけない。どうやら、香苗どのの兄じゃは掛かり合いがなさそうだ」

そう思うと気分が晴れてきた。

志保は志保で、七之助の力になれたことが嬉しかった。

七之助は、翌日から、市助という男を見つけるために、樽源という居酒屋へ潜入することにした。

もちろん、八丁堀同心と分かる小銀杏《こいちょう》の髷《まげ》を結い直し、格好も町方風にし、眉墨を濃くして、顔の印象も変えた。

だが、由吉が反対する。

「旦那《だんな》は駄目だ。旦那がいくら姿形を変えたからといっても、盗人をやりそうには見えやせんよ。なんか品がよすぎら」

「そ……そうか」

七之助は、由吉に決めつけられて、違うとはいえなかった。

「俺は顔を知られているかもしれねえから、手下《てか》にまかせやしょう」

ということで、由吉の手下である砂六《すなろく》が、樽源に密《ひそ》かに乗りこむことになった。

四

砂六は、ひょろりと痩《や》せていて馬面《うまづら》をしている。

六つ半（午後七時ごろ）に、砂六はその馬面を暖簾《のれん》の隙間《すきま》から、ぬうっと店内へ突き出した。

狭い店内には、見るからに柄の悪い男たちが、樽に腰掛けて酒を呑んでいた。

砂六は、その場にいる者たちの鋭い視線を痛いほどに感じながら、遠慮がちに隅に置かれた樽に腰掛けて、酒を注文した。

天井の梁《はり》も壁も、煤《すす》で汚れており、老人がひとりだけでやっている女っけもない居酒屋だ。

そこに、六人の客がいる。二人客が二組、あとは単独で、砂六が入って七人だ。

しばらくすると、砂六は、もう隣の者たちと笑いながら酒を酌み交わしていた。

砂六は、初めての場所でもすんなり溶けこめる人当たりのよさを持っている。

だが、すぐに盗人仲間同士の話になるはずもない。

博奕やら女郎買いやらの話をしていたのだが、そのいっぽうで、砂六は樽源のどこかで市助という名前が出てこないか、耳をそばだてていた。

だが、市助の名前など、どこからも聞こえてくることはなく、ときがいたずらに過ぎていった。

もっとも、初めて客になって、すぐに市助のことを探れるとも思ってはいない。

砂六は、そこの常連とまではいかなくとも、顔を覚えてもらうほどになるまでは通うことになっていた。

初日ということもあり、あまりに長居するのはよしにして、五つ半（午後九時ごろ）には、店を出ることにした。

客は長居する者がほとんどで、増えることはあっても減ることはなく、砂六が店を出るころには、十人ほどになっていた。

「親爺《おやじ》さん、この店は、いつも夜遅くまでやってるのかい。なに、またこようと思うんだが、遅くて店仕舞いしたあとだと困るからな」

砂六が訊くと、

「いつ仕舞うか決まっちゃいないよ。客次第だな。客が帰らねえときは、朝方までやってるときもある。だがよ、あんまり、こっちが眠いときは、すぐに閉めちまうぜ。今日は、そのくちかな」

といって、親爺はあくびをした。

砂六が店を出るときに、入れ代わりに入ってきた男があった。

中背の砂六よりも頭ひとつ小さく、がっしりとして眉毛が太い。左腕に白い晒《さらし》が巻いてある。

おやっと思ったのも束《つか》の間、砂六は背後から聞こえてきた声にどきりとした。

「市助、遅かったじゃねえか」

店で呑んでいた客が、入ってきた男に声をかけたのである。

「野暮用よ」

甲高い声が応えた。

砂六は、少し暖簾の外でたたずんでいたが、あまり長いと怪しまれる。惜しい気はしたが、ゆっくりと離れていった。

（いまの男が市助と呼ばれたのだろう。しかも、小柄でがっしりしていて、声が高い。そして眉毛が太かった。そして、腕に晒。怪我《けが》をしているんだ。こりゃあ、間違いねえぜ）

砂六は、すぐに由吉に知らせようか迷ったが、すでに五つ半だ。親爺はすぐに閉めてしまうかもしれないといった。だから、由吉に知らせるのはやめて、少し離れた天《てん》水桶《すいおけ》の陰に潜んで待つことにした。

月は朧《おぼろ》で、提灯《ちょうちん》なくしてかろうじて歩けるほどの明るさだ。人を尾《つ》けるのには具合がよい。

砂六が思ったとおりには、すぐには店は閉まらなかった。親爺は眠そうでも、あれだけの客を追い出すのは難しいのだろうと砂六が思っていると……。

客がひとりだけ店から出てきた。

（おや……）

客は小柄で、腕に白い晒を巻いているのが遠目にも分かった。

どうやら入るときと同じで連れはいないらしく、ひとりで店を離れて、砂六の潜んでいる天水桶の脇を通りすぎた。

（やはり、市助だ）

横顔を見て確信を持った砂六は、こうまで運がよくことが運びそうなのに小躍《こおど》りしたくなった。

市助が路地から出るのを見て、砂六は天水桶の陰から出た。

路地を出ると、途端に明るさが増す。

昼間の人出にはほど遠いが、まだ両国広小路に人は多い。

まだ開いている屋台の明かりが、ところどころを照らしていた。

市助は両国橋に向かって歩いていく。

（ねぐらに帰りやがるのか……場所をつきとめて、由吉の旦那に教えたら、褒められるだろうな）

砂六は、馬面の顎をなでて、にやっと笑った。

市助は、両国橋を渡らずに袂のところで右に折れた。

大川に沿って歩いていく。行く手には、元柳橋《もとやなぎばし》と薬研堀《やげんぼり》が見えている。

元柳橋を渡った先は、武家屋敷ばかりだ。

（いったい何処《どこ》へいこうとしてやがるのかな）

砂六は、まさか武家屋敷へいくはずがないと思った。

市助は、元柳橋の袂で立ちどまると、あたりを見まわした。

（誰かと待ち合わせていやがるのか）

砂六は、町屋の庇《ひさし》の陰に隠れて、市助の様子を見ていた。

大川から吹いてくる風が、じっとりと汗ばんだ身体に心地よかった。

市助は、大川端に寄ると、川風にうたれて大きな伸びをした。

（ちぇっ、人殺しなのに、いい気なもんだぜ）

砂六は、市助が隠密同心の手下を殺したらしいと由吉に聞いていた。

大川には、いくつかの明かりが見えて、ゆっくりと動いている。屋根船や猪牙舟《ちょきぶね》の明かりである。

市助は、所在なげに川を眺めているようだ。

（どんな奴と待ち合わせしてやがるんだ）

砂六がじっと見守っていると……。

市助の背後から、小走りに近づいていく男があった。
町方の格好をした男だ。
声をかけずに近寄っていったが、その気配に市助は気がつき振り向いた。
「遅いじゃねえか」
近づいていく男に、市助がいらついた声をあげた。
男は応えずに、市助に寄っていく。
砂六には、男と市助の影が重なり、二人が抱き合ったかのように見えた。
実は、急に足を速めた男が、市助にぶつかったのだった。
うめき声が聞こえたような気がした。
すると、男が市助から離れ、来た道を駆けだして戻っていく。
市助は膝をついた。
(いけねえ!)
砂六は、市助に向かって走った。
市助のもとに駆け寄ったときには、市助は、前のめりに倒れこんでしまった。
さきほどの男はと見ると、すでに闇の中に溶けこんでいて見えない。
「おい、どうしたんだ」

砂六は、しゃがみこみ声をかけた。

「……腹が痛え……刺された」

うつ伏せになった市助はうめくようにしていうと、砂六に目を向けた。

「お……おめえは誰だ」

「俺は……」

砂六が応えようとしているうちに、市助の目は急速に光を失っていく。

「そんなことより、お前を刺したのは誰だ」

砂六の問いかけに、

「お……俺の仲間だ。お、俺が邪魔になったのか……」

「刺した奴の名前を教えろ。どこのどいつだ」

「……ま……ま……」

名前をいおうとしたようだが、それだけで市助はこと切れた。

「おい！」

砂六は、無駄と知りつつ市助に声をかけて揺さぶった。

（畜生……）

下手人だと思われた市助を、目の前で殺されたことへの怒りが砂六の胸にこみあげてきた。

五

市助殺しの件は、闇鴉一家のことも、卯吉殺しのこととともかかわりのないこととして、奉行所では処理された。

七之助は、市助が卯吉を殺したと知っているだけに、歯がゆかったが、それもしかたのないことだ。

七之助は義一郎に、

「浪人者のことは調べがついたのか」

と訊かれたが、まだだと応えると、それ以上はしつこくいわれなかった。

おそらく、義一郎も手先を使って調べさせているのだろうが、そちらもはかばかしくないのだろう。

七之助は、一日かかって市助について調べてみたが、住んでいる場所も、どのような男だったのかも、分からなかった。

由吉には、樽源の親爺と客に聞きこみをさせていたが、夜遅くまでかかるだろうし、明日になっての報告も、たいした成果は期待できなかった。

樽源が、卯吉のいうように盗人たちの溜まり場だとしたら、岡っ引《おかぴ》きの由吉になにも教えることはないだろう。

ひきつづき、砂六が客に扮《ふん》しての探察はつづけさせることになっているので、それに期待するほかはない。ただ、それには時間がかかりそうだ。

七之助が組屋敷に戻り、夕餉《ゆうげ》を食べ終えてしばらくしたころ、目の前に、すーっと志保の姿が現れた。

「姉上、出てくるのが遅いな」

夕餉を食べながら、あるいは食後に茶を飲みながら、いつも志保と話をするのだが、今夜は姉との話ができずに、七之助はいささか不満だった。

《いままで、卯吉といたものだから》

志保は、ふうっと溜め息をつく。

「卯吉の幽霊か」

《そうよ》

「なにかいっていたかい」

《市助が殺されたと教えたら、悔しがっていたわよ。自分が呪い殺すはずだったのに

ってね》
「そうか……呪い殺すのは少し待てといったのは姉上だからな。文句もいわれたろう。砂六が自分のせいだといっていたが、まさか市助が卯吉と同じように殺されるとは思っていなかったから、しかたのないことだ。姉上、こらえてくれ」
七之助は、自分の責任でもあるので頭を下げた。
《いいのよ、それは。卯吉も隠密同心の手先だったのだから、重々分かってるわよ。それを分かった上で、やはり悔しそうだった》
「成仏できそうもないかい」
《それがそうでもないのよ》
「へえ、さっぱりしているのかな」
《あのね……市助も死んだでしょう。当然、市助も霊になっているのよ》
「あっ……そうだ」
七之助は、そこに思いが及ばなかったことに、またも迂闊《うかつ》だと頭をかき、
「それで、市助の幽霊に会ったのか」
《会うには会ったけど、まだ死んだと思ってなくてね……》
志保は、市助の霊と会った顛末《てんまつ》を語りだした。

朝方、志保は市助が殺されたということを、組屋敷で知った。
砂六から話を聞いた由吉が、七之助に知らせにきたからである。
志保は、すぐに永代橋の袂へいき、卯吉に会った。
卯吉は、ずぶ濡れではなくなっており、腹から血は出ていなかったが、まだ血のついた着物を着ていた。
市助の前に現れたときに、腹から血をぽたぽたと流すつもりだったのだという。
《だがよ、市助が俺を見られるのかどうか、それが気がかりなんだよ》
いくら凄《すご》んでみても、市助が見えてなくてはどうしようもない。
《その心配はしなくてもよくなったの》
《どういうことだよ》
いぶかる卯吉に、志保は市助が殺されたことを話した。
《な、なんだよ、それは！　せっかく呪い殺すのを待ってやったってのによ》
卯吉の形相が凄《すさ》まじく、その呪いが自分に向けられそうで、志保は腹の底が冷たくなるほど怖くなった。
《くそう……》

ぎりぎりと歯ぎしりをする卯吉に、
《市助も死んだのだから、霊になってるはずよ。その霊に恨《うら》みつらみをぶつければいいのじゃない》
志保は、おそるおそる提案した。あくまで生きている市助を呪い殺してこそ、恨みが晴れるのだといわれそうな気がしていた。
《ふん、俺と同じ霊になっちまってたら、脅かすことができねえじゃねえか》
案の定、卯吉は不満げだったが……。
《もう生身の市助を怖がらせることはできねえが、霊でもなんでも、会って張り倒してやりてえ。どこで死んでるんだ。俺を連れてってくれ》
卯吉の言葉に、志保はほっとして、
《薬研堀のあたりよ。わたしもついていっていいかな》
《勝手にしろ》
つぎの瞬間、卯吉は薬研堀の上に現れ、志保がつづいた。
夜中に殺されたとはいえ、役人が検視にくるのは朝方だ。だから、死骸《しがい》は移されることなく横たわっている。
大川と薬研堀の境に元柳橋が架かっているが、その袂に死骸があり、菰《こも》がかぶせられている。自身番屋の番太郎が役人のくるまで見張り番をしていた。
番太郎のすぐ横に、ボーッと立っている男がいる。
近寄ってくる野次馬たちに、番太郎は、
「もっと離れろ。骸《むくろ》に近寄るんじゃねえ」
といって押しやっている。だが、すぐ横にいる男にはなにもいわない。
というより、見えていないようだ。
《あの野郎だ。市助だぜ》
卯吉は、ぼーっと突っ立っている男のそばに舞い降りると、
《おい、市助》
いきなり声をかけた。
靄がかかったような顔の市助は、声のほうを向いた。
そこには、怒りで真っ赤になった卯吉の顔があった。
《あ、あれ……お、お前は……》
市助の顔から靄のようなものが晴れて、
《ああっ……ゆ、幽霊っ！》
青ざめた顔で後ずさると、

《や、やめろ。お、俺を恨むな。お、俺は命じられただけなんだ》
必死に、手を振っていいわけをする。
《誰に命じられたんだよ》
《そ、それをいったら、お、俺も殺される。た、助けてくれ》
市助は必死な顔で、さらに後ずさった。
《なにいってやがる。お前はとっくに……》
卯吉が市助に近づくと、
《ぎゃあ！　ち、近づくなっ！》
市助は、あわてふためいたかと思うと、姿を消してしまった。
《おい、どこへいきやがった。くそっ、てめえも死んでるくせしやがって、殺されるとはなんだ、とっくに殺されてるじゃねえかよ》
卯吉は、憤懣《ふんまん》やる方ない顔でぶつぶつといっている。
《どうやら、まだ死んだとは気づいてないみたいね。わたしが先に話して、死んで霊になったって分からせてあげればよかったね》
志保は悔やんだが、もう遅い。
《どこにいったのか見当はつかねえのかよ》

《まず、自分のねぐらに戻るでしょう。あんた、市助のねぐらを知ってるの》
《知らねえよ》
《なら、ここで待つしかないわね。自分の姿が見えないらしいと分かって、ひょっとしたら死んだのかと思い始めたら、ここに戻ってくるわよ》
《また待つのか。くそお》
《あんたも、隠密同心の手先だったんだから、我慢しなくちゃ》
《……う、うむ、そうだな。俺は関塚さまの下で働いていたんだ》
《まだ、お役に立ちたいと思うでしょ》
《そりゃあそうだ》
《ならね、市助を捕まえたら、誰に殺されたのか、闇鴉一家の連中はどこに潜んでいるのか、頭《かしら》は誰か……できるだけ訊きだしてもらいたいのよね》
《おう。それが、あんたの弟に伝えられるってわけだな。まかしとけ》
卯吉は胸をたたいた。
志保は、卯吉が恨みに凝り固まっていた状態から、生前の誇りを取り戻してくれて嬉しかった。
それから、志保は卯吉と一緒に市助を探したのだが、ついに夕刻になっても見つけられなかった。

六

翌朝、志保は七之助の前に現れなかった。

前夜は、話をしたあとに、また卯吉とともに市助を探してみるといっていたが、一晩中探しても、まだ見つからないのだろう。

七之助は、砂六や志保に探索をまかせているだけで、自分が動けないことが歯がゆくてしかたがなかった。

(俺に、いまなにができるのか)

当面は町廻りだが、香苗のことが気になった。

兄の万五郎については、由吉がまだ調べているが進展はない。

義一郎がうるさいので、万五郎のことを調べつくして、闇鴉一家とはまったくかかわりがないと分からせればよいと思った。

七之助は、奉行所へ出仕したあと、町廻りの範囲ではないが、万五郎が泊まっている馬喰町の旅籠へいってみようと思った。

奉行所へ出仕するために、組屋敷を小者の壮太とともに出た。空は青く、まるで雲がない。今日も暑くなりそうだった。

組屋敷の前の路地を出ると、前方に山伏が立っていた。

「……玄斎……どの」

七之助は、面倒な奴がいるなと思ったが、いまさら避けることもできない。

壮太に表通りまでいって待っていろと命じ、七之助はひとりで玄斎に対することにした。

姉のことをいいだすに違いないので、壮太には聞かせられない。

七之助が玄斎の前までいって足をとめると、

「思ったよりも元気そうだの」

玄斎は、その小さい目で、じろじろと七之助を見ていった。

「姉に生気を吸い取られていて、瀕死《ひんし》だとでも思いましたか」

「そんなところだ。あのおなごは、まだ成仏しておらんのだからな」

「俺はこのとおり病にもならず、力がみなぎっているのです。だから、姉が幽霊でも、差し障りはないでしょう」

「それは違うぞ。人というものは、死してのちはこの世にとどまってはいかんのだ。

おぬしの姉御は、死者の道に反しておるのだ」

「はあ、なるほど……姉に会ったら伝えておきます。俺は、奉行所へいかねばならんので、これで失礼させていただきます」

七之助は素っ気なくいうと、その場をあとにしようとした。

「やはり、おぬしに魔除《まよ》けの札を与えようかの」

玄斎が眉をひそめていう。

「い、いえ、それには及びません。早く成仏するようにいい含めますので、そのようなことはご容赦を」

七之助は、あわてて応えた。

「魔除けの札は、姉御を苦しめることになるだろう。それを厭《いと》うのは姉御思いで、感心してもよいことなのだが、結局はおぬしをあの世へおいやることになるのだぞ。それを忘れるでない」

「はっ……しかと肝に銘じました」

七之助は、殊勝さを装って、早々に玄斎から離れた。

(魔除けとはなんだ。姉上は魔物ではないぞ)

背を向けているので、七之助のしかめた顔は玄斎には見えない。

(死者が迷って成仏できないからといって、それがすべて悪いこととするのは間違っているのではないのか。姉上を頼っている俺のように、誰かの支えが必要な者のそばで、寄り添っている霊はたくさんいるのではないのか)

そして、七之助のように、その霊が見える者もあれば、見えずにその気配を感じている者、気配さえ感じられないが、なんとなく心が落ち着く者など、千差万別なのではないかと思えてくるのである。

(玄斎は、勘違いしているのに違いない)

七之助には、そう思えてしかたがない。ただ、面と向かって、修行者である山伏に抗弁することはためらわれてしまうのだ。

奉行所に出仕すると、町廻りに出かけた。

馬喰町は一丁目から三丁目に、旅人のための旅籠が蝟集《いしゅう》している。

由吉からは、その中の白井屋《しらいや》という旅籠に、香苗の兄である井草万五郎が住んでいると聞いていた。

まだ由吉はきていないだろうと思っていたが、白井屋の近くまでくると、

「旦那。樫原の旦那」

背後で声がしたので、振り返ると、行商人の格好をした由吉が立っていた。

由吉が黙って歩きだしたので、七之助はなにげなさを装って由吉のあとについていった。

しばらく由吉のあとについていくと、神社の前に出た。参道の脇に茶店があり、由吉はその中に入っていった。

七之助が茶店に入ると、由吉は奥の床几《しょうぎ》に腰掛けている。

由吉が茶店の婆《ばあ》さんに団子と茶を注文しているので、隣に座った七之助も同じものを頼んだ。

「旦那、どうしたんでやす」

「ほかの手がかりが手詰まりになったのでな、こちらはどうかなと思ってな」

「そうですかい。こっちもどうも雲をつかむような按配《あんばい》なんで、こうやって行商に化けて、白井屋に泊まってみたんでやすよ。旦那にはあとで知らせようと思ってたんでやすが、あとさきが逆になってすみやせん」

「なに、気にすることはない。ということは、昨夜泊まったのだな」

「へえ。どうもね、妙なんですよ。それで、そのことを話そうと旅籠を出て歩いていると、旦那をお見かけしたもんでね。すれ違わなくてよかったですぜ」

「ふむ……どう妙なんだ」

七之助は、内心ぎくりとしたのだが、それを隠した。闇鴉一家とはかかわりがないと安心していたのだが、妙な胸騒ぎがする。

「井草万五郎という浪人なんですがね、白井屋に泊まっているほかの浪人と、なにやらひそひそ話しているんでやすよ。廊下に出て聞き耳を立てても、なにを話しているのか聞こえやしねえんで。あんなに声をひそめて話すなんて、なにか後ろ暗いことがあるに違いねえと、あっしはにらんでるんでやすがね」

「ふうむ……闇鴉一家とのつながりはありそうか」

「どうでやしょうね。あるようなないような」

由吉は、首をひねった。

「相馬どのの手下の、なんといったか……」

七之助は、小柄で色が黒く、鼻をひくひくさせる癖があるので鼠のようだと思った男を思い浮かべたが、名前が出てこない。

「末蔵でやすね」

「そうだ、その末蔵はどうしている」

「それが、白井屋の真向かいも旅籠なんでやすが、そこの二階に部屋をとって、ずっと白井屋からの出入りを見張ってやすよ。万五郎が出かけたらあとを尾けるつもりだろうと思いやす。ですが、昨日の夜に、万五郎たちを尾けたのはあっしだけで、末蔵は出てきやせんでした。おおかた、眠っちまったんでやしょう」

由吉は、ふっと笑うと、

「末蔵は、万五郎はただの不逞《ふてい》浪人で、たいした悪党じゃねえし、まして闇鴉一家などとは掛かり合いがあるはずがねえって思ってやすよ。あの見張り方は、まったく気が入ってねえですよ」

「相馬どのに命じられたから、嫌々ながらやっているというわけか」

「そんなところでやしょう」

「お前は本心ではどう思ってるのだ」

「さっきもいいましたが、どうも分からねえんで。遊ぶ金もねえんで、部屋で酒呑んでるだけかもしれねえんでやすが、それにしちゃあ様子がちょいと怪しげでやすからねえ……」

由吉はまたも首をひねった。

「そうか。埒《らち》が明かぬようなら、直に会ってみようかと思ったのだが……」

「もう少しお待ち願えねえでしょうか。どうにも正体が分からねえ場合は、そうしたことがきっかけで、なにか動きがあるかもしれやせん。そのときには、ぜひともお会いくだせえやし」

「では、そうするか。ただ、香苗どのに、兄じゃに会いたいといったのだ。香苗どのの家で会う分にはかまわないだろう」

「それはもうご随意に」

由吉は、あと数日、白井屋に泊まって様子を探るというので、七之助は懐《ふところ》から財布を取り出し、要りようだろうと金を渡した。

「ありがてえことで」

由吉は拝むようにして金を受け取ると、茶屋を出ていった。

七之助は、団子を食べて茶を飲み、しばらく茶屋で過ごした。由吉と一緒に出るところを見られないためであるが、これからどうするかを思案するためでもあった。

(香苗どののところには、夕方訪れてみよう。いつも夕方なのだから、万五郎に俺を会わせるとしたら、その時分になるだろう。ただし、先日、香苗どのに会って兄じゃに会ってみたいといったばかりだから、それが万五郎に伝わっているかどうかは分からぬが……)

ともかく、万五郎に香苗の家で会えるまでのあいだは、市助殺しを探るのが、もっとも闇鴉一家に近づく方法だろうと思った。

市助が卯吉を殺した下手人であるということは、奉行所の中では七之助しか知らないことだ。

陽《ひ》はまだ午前中なので高くはないが、それでもじりじりと肌を焼くような強い陽差しが容赦なく照りつけている。

七之助は、残った茶を飲み干すと、茶屋から炎天下へと歩みだした。

七

市助が殺された元柳橋の袂に着くと、七之助は汗を手拭《てぬぐい》で拭きながらあたりを見まわした。

志保の姿は見えてこない。

ここにくれば、志保がいるかもしれないと思ったのだが、当てが外れた。

市助の死体は、検視が済んでいるので、昨日のうちに自身番屋から寺へ移されているだろう。

(どこの寺かな……死体を見ておきたかったが)

市助の死体を見たいと思ったのは、この先、ひょっとして市助の霊に会うことがあれば、それが市助とすぐに分かるからだ。だが、それは市助の霊が見えるとしてのことである。

七之助は志保の霊は見えるが、ほかの霊を見たことがない。世の中には、あの山伏の玄斎のように、霊を見ることができる者がいる。玄斎はぼんやりとしか見えないようだが、もっとはっきりと見られる者もいるに違いない。

（俺は、姉上しか見たことがないのだから、この先も、ほかの霊は見えぬのだろうか……だとしたら、市助の死体を見てもしかたがないな……）

と思うと、死体と対面できずとも、とりたてて残念ではない。

しばらくそこにいて、志保が現れないかと待っていたが、現れる様子がないので、居酒屋の樽源に向かった。

七之助の格好は、黄八丈の着流しだ。小銀杏の髷をしており、すぐに八丁堀の同心と分かってしまうだろう。

店に入って聞きこみをしてもしかたがないだろうとは思う。

だが、店から出てくる客を捕まえて、十手《じって》で脅してみるのもよいかもしれないと考えていた。

ただ、まだ陽はやっと中天に達したころで、居酒屋が開いていそうもなく、客もいないだろう。

樽源の場所は聞いて知っているので、ともかく店の前を通りすぎた。

(なるほど、古いな。大風で吹き飛んでもおかしくはなさそうだ)

長年の風雨に晒《さら》されて、灰色にくすみ、ところどころ剝《は》げている壁には、壊れた箇所に打ちつけた木材だけがいくぶん新しいツヤを持っていた。

なにげなく通りすぎただけだが、開け放した店の入り口から鋭い視線が放たれているのを感じた。

どうやら樽源は開いているらしく、昼間から酒を吞んでいる者がいそうだ。

おそらく、七之助を見ている者たちは、こんな道に供も連れずに、八丁堀の同心がひとり歩いているのが気になっているらしい。

両国広小路から一本入った道に樽源はあるので、けっこう人通りは多い。歩いていると、鋭い視線は感じなくなった。

(樽源を通りすぎたときだけだ。やはりなにかある店だな)

七之助は、樽源を見張ってみる気になった。

物陰に潜もうと思いつつ、適当なところがない。しばらく歩いているうちに、蕎麦《そば》屋《や》が目に入った。

昼餉がまだだと七之助は思い出した。その途端に無性に蕎麦が食べたくなった。ためらうことなく蕎麦屋に入り、入れこみに座って笊《ざる》を二枚注文する。

味は期待していなかったのだが、蕎麦の香りも立ち、歯ごたえもあって、旨いものだった。

つるつるとあっという間に二枚の笊を食べ終わった七之助は、ふうとひとつ息を吐くと、茶を飲みながらぼんやりしていた。

七之助のほかに三人いた客は、そのあいだにみな出ていった。

茶を飲み終わり、もう一杯と声をかけると、店の親爺が急須を持って茶を入れにきてくれた。

「親爺、ちと訊きたいのだが」

「へえ、なんでしょう」

顔に皺《しわ》の多い好々爺《こうこうや》らしい親爺だ。

「樽源という呑み屋があるだろう。いつ崩れてもおかしくなさそうな店だが、繁昌しているのか」

七之助の問いに、

「それが不思議と客が絶えないようで……ですが、あまり客筋はよくなさそうですよ……あ、こんなこといってたなんて、ほかにはいいっこなしですよ」

親爺は、あわてて口に手をやった。

「なにもいい触らさないよ。だから、もっと教えてもらいたいのだがな」

小声になって七之助はいった。

「そうですか。お役人さんだからいいますがね、あそこに出入りしている連中は、どうにも怖くて。なにか悪いことをしている者たちですよ」

親爺も声をひそめた。

「どのような悪いことをしているのだ」

「そこまでは知りません。知りたくもありませんや」

「樽源の客の中には、ここに蕎麦を食べにくる者もいるのだろう」

「まあ、いるにはいますがね」

「市助というのを知っているかい」

「い……市助ですか」

「背は低いががっしりとしていて眉毛が濃い。それと……ここのところ、腕に晒を巻いていたはずだが」

「へえ……」

親爺は知っているようだが、はっきりとはいいにくそうだ。

「知っているのならそうだといってくれ。悪いようにはしない」

七之助がじっと親爺の顔を見ると、

「へえ、知ってます。話好きな人なんで……でも、ただ天気の話とか、世間話をするくらいですがね」

「どこに住んでいるか知らないか」

「そ、そこまでは」

親爺の額に汗が光った。

（さきほどまでは、汗をあまりかいていなかったが……）

七之助は、親爺が嘘をついている気がした。

「おい、本当のことをいってくれないと困るのだよ。市助はな……一昨日《おととい》の晩、殺されたんだがな」

「えっ……」

親爺の顔が驚愕でゆがんだ。

殺された場所が、この蕎麦屋と近いので、知っているかもしれないと思ったが、そうではなかった。

「すぐそこの元柳橋のところで、腹をぶすりと刺されたのだ。殺した男も背の低い野郎だそうだがな」

「……そうですか、あの市助が」

親爺の顔が蒼白《そうはく》になっている。

「なあ、市助のことで知っていることはなんでもよいから話してくれ。決して、あんたから漏れたなどということは、ほかへは話さないから」

「へ、へえ……そんなに知っていることは多くはないんで。ただの客でしたから」

「それでも、なにかあるだろう」

「……そういえば、相生町《あいおいちょう》の長屋に住んでるっていってましたね。すぐ近くに常磐《ときわ》津《づ》の師匠が住んでいて、弟子に教えてるんだそうですが、それを聴くのが楽しいっていってましたよ。どうせ脛《すね》に傷持つ野郎だとは思ってましたが、それにしては風流だなと思ったもんで覚えてたんですよ」

「相生町の何丁目だ」

「たしか……一丁目だったといっていたような。それくらいしか、あたしゃ知りませんよ」

「そうか。いや、ありがたい」

七之助は、蕎麦の代金のほかに色をつけて金を置くと、店を出た。

樽源を見張り、店から出てくる者を捕まえて脅してなにか訊きだそうと思っていたが、それよりも市助の住んでいた長屋へいくほうが先だ。

なにかそこに手がかりがあったとしても、殺した男の仲間がすでに家探しして、なにもないかもしれない。

(無駄を承知で長屋へいってみるか)

七之助は、両国橋目指して歩きだした。

相生町は、樽源や蕎麦屋のある米沢町とは、大川を挟んで対岸にある。

両国橋は、いつものことだが、渡る人々でごった返している。人ごみで暑苦しいかと思いきや、七之助が橋を渡っているときには、川風が強く吹いており、ひとときの涼気を感じさせてくれた。

(運がよいぞ。相生町でも運がよいといいのだが)

七之助は、涼気を胸にためようと、大きく息を吸った。

空を見やれば、入道雲がむくむくと立ち上がっている。

(なんだ、運がよいと思えば……雨がこないとよいのだが)

眉をひそめたときである。

入道雲に向かって、すっと横切る人影があった。人の頭の上だ。

（あ、あれは……姉上）

うしろ姿だけだが、空を飛んでいる着物姿の女など、七之助は志保以外考えられなかった。

ぽかんと見ているうちに、志保らしき姿はどんどん飛び去り、見えなくなってしまった。飛んでいった先は、七之助と同じ方向のようで、

（ひょっとすると、相生町へ……）

市助の住んでいた長屋で、志保と会えるかもしれないと、七之助は思った。

第三章　罠

一

志保は、卯吉とともに、市助の住んでいた長屋へ向かっていた。

市助の居場所が分かったのは、偶然だった。

卯吉は、ずっと元柳橋の袂《たもと》で、ふたたび市助が現れるのを待っていた。そのうち、市助は自分が死んだのだと分かって、殺された場所へ戻るはずだと思っていた。

だが、市助は現れずに、夜が過ぎ、朝になってしまった。

そこへ、組屋敷に一旦《いったん》戻って七之助と話した志保が現れたのである。

《あの野郎、あれから姿を見せねえぜ。なにしてやがんだろう》

卯吉は、志保が口を開く前にまくしたてた。

《……暮らしていたところに戻って、蒲団《ふとん》かぶってがたがた震えているのかもしれないわよ。あなたが怖くて》

《へっ、そうなら、いい気味だぜ》

卯吉は、言葉とは裏腹に、苦虫をかみつぶしたような顔になる。
《ねえ、ここにいても、いつ現れるか分からないから、市助の住まいを探してみるのはどう》
《どうやってだよ》
《そうね……いきつけの店樽源にいって、それとなく集まってくる連中の話を立ち聞きしてみたらどうかな。でも、それだと、夕方まで待たなくちゃいけないのかな》
《そんなこたあねえぜ。あそこは、昼間っから酒を吞《の》んでいる野郎たちがいるんだ。盗みの仕事がなくて暇だからな。博奕《ばくち》も昼はやってねえしな》
《じゃあ、早速、その店にいってみない》
《よし》
二人は、居酒屋樽源に向かった。
とはいっても、さすがに早朝から樽源は開いておらず、前で待つこと一刻（約二時間）あまりで、やっと店は開いた。それでも、昼前である。
親爺《おやじ》は夜遅くまで店を開き、それから寝て、起きてから仕込みをして、そのあとに店を開くから昼近くになってしまうようだ。
店を開けてすぐに客が入ってきた。

《知ってる人？》

志保の問いに、

《顔は知ってるが、話したことはねえ》

「親爺、市助が殺されて、ここに役人がきたりしたか」

樽《たる》に座るなり、客が口を開いた。

「ああ、きたぜ。だが、死んだ奴のことを知らねえかと訊《き》きにきただけで、まだ殺されたのが市助だとは分かってねえようだった」

「市助だって教えたのかよ」

「そんな面倒なことはしねえよ」

「そうだろうな。俺たちだって、昨日死体を見て、あれは市助だと思ったんだが、誰もそれを伝えようなんてしねえからよ」

「骸《むくろ》の身許《みもと》を調べるだけで苦労すんだろうな。いい気味だ」

「へへっ、もっともだぜ」

親爺と客の話を聞いていると、志保は怒りを覚えた。

《なんて人たちなの！》

志保は、二人を交互ににらみつけている。

なんだか身体《からだ》からめらめらと青い炎が立ちのぼっているように、卯吉には見えた。

赤い炎よりも妙に恐ろしく、

《くわばらくわばら》

なるべく志保から離れることにした。

「おい、なんだか寒くねえか。さっきまで暑かったのによ」

「そうだな。おかしいな」

親爺は、入り口まで歩いて暖簾《のれん》から顔を出した。

戻ってくると、

「なんだか店の中ばっかり冷えてるみてえだ。いってえどうしたんだろうな」

といって、ぶるぶるっと身体を震わせた。

「おい、市助の幽霊でもいるんじゃねえのか」

客の男が眉《まゆ》をひそめた。

「よしてくれよ。縁起でもねえ」

そのとき、親爺がまた入り口のほうを向いた。

「おい、八丁堀の野郎がうろついてるぜ」

憎々しげな顔でいった。

「本当だ。ひとりでいるみてえだな」

樽源の前をゆっくりと歩いている同心の姿が志保にも見えた。

《七之助！》

思わず、外へ出て七之助に会いたいと思ったが、この親爺と客の話をもう少し聞いていれば、市助のことが分かる気がしてとどまった。

もっとも、それは卯吉にまかせてもよかったのだが、同心の娘の気性がそうはさせなかったのである。

親爺と客は暖簾のところまでいくと、去っていく七之助をにらみつけていた。

七之助がずいぶんと遠ざかると、

「へっ、市助のことなんか、なにも分からねえんだろうな。ざまあみろ」

客が笑いながら、それまで座っていた樽に戻った。

志保は、また勃然《ぼつぜん》と青い炎に包まれそうになったが、

「だけど、なんで市助は殺されたんだ」

親爺の問いに、はっとして気持ちを落ち着けた。

「そ、そんなこた、俺が知るわけがねえじゃねえか」

客はむきになって否定した。

「そうだな」
親爺は、すんなりとうなずく。
お互いに、あまり深く関《かか》わるのは危ないことだと分かっているようだ。
《こいつ、なにか知ってやがるな》
卯吉が、客を指差して志保にいった。
聞こえるはずもないのだが、声をひそめている。
《ぺらぺら喋《しゃべ》ったら命取りになりかねないのよ》
《だがよ、酒が入ると口を軽くなるんじゃねえかな。俺がここに通っていたときも、市助が酔ったおかげで闇鴉一家の話ができたんだ》
《そうね。もっと様子を見ていましょう》
といったそばから、また二人の客が入ってきた。
最初の客と挨拶《あいさつ》をかわしているところは、やはり常連客らしい。
《こいつらとは、なんどか話したことがあるぜ。闇鴉一家とは掛かり合いはなさそうだったがな》
卯吉は、やはり声をひそめて志保にいった。
あとで入ってきた二人の客は、親爺の持ってきた酒を呑みながら、しばらく昨夜の博奕の成果を話していたが……。

目のやけに細い狐《きつね》のような顔の男が、店の親爺がさきほどの客と話をしているのをたしかめると、

「ところでよ。殺された市助だがよ」

一緒に入ってきた顎《あご》のしゃくれた男に声をひそめていった。

「なんでえ」

「あいつは、ほら、盗賊団の一味だったじゃねえか。だとすると、金を貯《た》めこんでたに違いねえぜ。まだ骸が市助だと分かってねえみてえだから、早いとこ、あいつのねぐらにいけば、金がたんまりあるんじゃねえのか」

「そいつをもらっちまおうってわけかい」

「そうよ。どうだ、これからいかねえか」

「……なんかやばくはねえのか。闇……いや、その盗賊団の奴らに見つかったら、てえへんだぜ」

「なに、誰も見てねえときにこっそり入って出てくりゃあいいじゃねえか」

「夜中にか」

「真っ昼間のほうが、かえっていいんじゃねえか。見つかっても、市助が死んだこと

を知らねえで会いにきたっていえるぜ。夜中じゃあ、いいわけができねえ」

「ふうむ」

「しかもだ。夜中まで待っていたら、役人に市助の身許が割れて、もう勝手に市助のねぐらに入れなくなるかもよ」

「そうだな」

「そうとなったら、早速いってみるか」

「……ああ」

二人は、腰を上げた。

《こいつら、市助の住処《すみか》を知っているぜ》

卯吉の言葉に、志保はうなずいた。

二人のあとを、志保と卯吉は尾《つ》けていくことにした。

二

志保と卯吉は、樽源を出た二人の客のあとを尾けた。といっても、二人に悟られるわけではないので、すぐうしろにいた。

ところが、二人のあとを歩くのは辛《つら》くてしかたがない。
広小路《ひろこうじ》は人通りが多い。
志保と卯吉は、人の目には見えない。見えないので、二人の身体をすり抜けていくのである。
歩いている人も、なにか妙な感覚にとらわれているようだが、それは一瞬のことだ。
ところが志保と卯吉は、入れ代わり立ち代わり向こうから歩いてくる人々が身体を通過していくのだから、どうにも気持ちが悪くなってきた。
しかも、さらに人が密集している両国橋を、二人は渡りはじめた。
《おい、こういうときはどうすんだよ》
卯吉が志保に助けを求める目をしていった。
《上へ》
志保は、すっと上空へ浮かび上がった。卯吉もあとにつづく。
《なんだ、はじめからこうすりゃあよかったぜ》
せいせいした顔で卯吉がいった。
《ほら、下をいく二人を見失わないようにしなくちゃね》
《ああ。上からだと頭ばかり見えるから、尾けにくいんだな》

みな黒い髪なので、紛らわしいのである。

志保と卯吉は、ふわりと宙に浮きながら、二人のあとを尾けていった。

このとき、後方にいた七之助は、志保を見つけた。あいにくと、隣にいる卯吉の姿は、七之助には見えなかった。

目の細い男と、顎のしゃくれた男は、相生町《あいおいちょう》一丁目に入ると、表通りに店を構える乾物屋の角の路地を入った。

その裏にある長屋の木戸の前で、あたりをうかがっていたが、誰も二人を気に留めていないと見ると、木戸をくぐって長屋のどぶ板を踏んだ。

どこからか、常磐津《ときわず》が聞こえてくる。

志保と卯吉は、木戸の上から二人を見ていた。

二人は、棟割《むねわり》長屋の奥に位置する部屋の戸を開けて、中へ入った。暑いが、開け放たずに閉めてしまう。

昼過ぎのことであり、長屋の女房連中は昼餉《ひるげ》が済んで休んでいるころあいだ。誰も井戸端にはおらず、この二人を見ていた者は志保と卯吉のほかはなかった。

《おい、お前ら、なんだよ、勝手に入ってきやがって》

部屋の中から怒鳴る声が聞こえてきた。
志保と卯吉は顔を見合わせた。
《あの声は、市助だぜ。あの野郎》
卯吉が部屋に入ろうとするのを、志保は止めた。
《まだ死んでいると分かってないようよ。わたしがいい含めるから、ここで待っていてちょうだい》
志保の言葉に、卯吉は不服そうだが、しかたがないと渋面《じゅうめん》でうなずく。志保が部屋に入ると、
「おい、どこに金があるんだろうな」
目の細い男が、敷きっぱなしの蒲団をめくっている。
その横で、市助が目を吊《つ》り上げて、
《な、なんだこの野郎！　俺が見えねえのか》
男の胸につかみかかろうとした。
だが、その手は男をすり抜けてしまい、市助は膝《ひざ》をついた。
《れれっ、ど、どうなってんだ》
呆気《あっけ》にとられた顔で、目の細い男を見上げた。

《わたしが教えてあげる》
志保が市助を覗《のぞ》きこんで声をかけた。
《えっ……あ、あんたは……》
市助は、いきなり現れた志保を見て、目を白黒させた。
丸髷《まるまげ》に結った髪で、このときは山葵《わさび》色の小袖《こそで》を着ており、切れ長の目の美貌《びぼう》の女が、むさ苦しい男ひとりの長屋の部屋に、なにもいわずに忽然《こつぜん》と現れたのだから、それも無理はない。
《わたしは志保というの。この人たちは放《ほ》っておいて、こっちにきなさい》
志保は市助の腕をとって引っ張った。
物凄《ものすご》い力に引っ張られて、市助は宙を飛んだかのような錯覚を覚えた。霊となると、物理的な力ではなく念の強さがものをいう。その強さで、志保は市助を引っ張ったのである。
志保は土間まで市助を引っ張ると、
《あなた、一昨日の夜に、元柳橋の袂でなにがあったか覚えている？》
と、訊いた。
《一昨日の夜……昨日は一日ここにいたからな。一昨日の夜は……えーと、そうだ。

あいつだ。あいつに……》
市助は、ぎょっとした顔をした。
《どうしたの》
《お、俺は、腹を刺された。最初はなにも感じなかったが、すぐにひどく痛みはじめて……そして……そのあとは覚えてねえ。いや、そういや、明るくなってから、あいつだ、俺が殺したはずの卯吉が出てきて、お、俺は怖くなってここに逃げ帰ってきたんだよ。それで一日蒲団をかぶってたんだ》
《お腹《なか》の傷は》
《き、傷は……》
市助は腹を見て、おやっという顔をした。
《血が、血が出てきたぜ。さっきまで血なんか出てなかったのによ。お、おい、どうしてくれるんだよ、俺、死んじまうじゃねえかよ》
血相を変えて志保に詰め寄る。
《よく考えてごらんなさい。お腹を刺されて、あんたは死んだのよ。だから、そこの人たちには見えないのよ》
部屋の中を探しまわっている二人を指差して、志保はいった。

市助は、ぽかんと口を開けた。目は飛びださんばかりになっている。

《な、なんだって……》

七之助は、相生町一丁目に入ると、すぐ近くの店から順に、市助の名前と、顔の特徴をいって、どこの長屋に住んでいるのかを訊いていった。

近くに常磐津の師匠が住んでいる家があることも伝えた。

すると、五軒目の乾物屋の主人が知っていた。

「市助なら、ここの裏長屋に住んでますよ。市助がなにか悪さでもしたんですかい。昼間っから酒を呑んでるから、どうも怪しいとは思ってたんですがね。それだけじゃあ追い出せないからねえ……」

乾物屋の主人は、顔をしかめた。

「殺されたのだ。いや、まだ市助だと決まったわけではないが、おそらくそうだ。だから、すぐに顔をあらためてくれないか。元柳橋近くの自身番屋に訊けば、骸がどこの寺にあるか教えてくれるぞ」

「げっ、な、なんてこった」

驚く主人に、市助の住んでいる部屋を聞くと、七之助は裏へとまわった。

七之助が長屋の木戸をくぐって、市助の部屋の前までくると、中でごそごそと音がしている。

そして、かすかに女の声がした。しかも、馴染《なじ》みのある声だ。

（姉上……）

七之助は、閉まったままの戸口を開けた。

まず目に飛びこんできたのは、土間にいる志保だ。

そして、その奥の部屋では、二人の男が畳をひっくり返し、行李《こうり》の中身をぶちまけていた。

「な、なんだ……」

てめえはという言葉を、目の細い男は飲みこんだ。一目で八丁堀の同心だと分かったからである。

七之助は志保に訊きたい気持ちを抑えて、

「お前たち、なにをしている」

二人の男にいった。

「そ、その……掃除をしていたんですよ。ここに住んでる奴にね、頼まれやしてね。

あははは」

顎のしゃくれた男が、愛想笑いを浮かべながら応《こた》えた。

《この二人は、市助の金目当てでやってきてるのよ。闇鴉《やみがらす》一家とは掛かり合いはないから、捕まえても無駄よ》

志保の言葉に、七之助はうなずくと、

「この部屋の主は、すでに死んでいるはずだが、それを知らぬか」

「えっ……し、死んだんでやすか。そいつは初耳だ」

顎のしゃくれた男が、目の細い男に同意を求めるように見た。

「ああ、知りませんよ」

目の細い男は応えると、

「掃除もこのくらいでいいか」

「そうだな」

二人は、畳をもとに戻し、ぶちまけた中身を行李の中に乱雑に戻すと、

「じゃあ、御免なすって」

といって、戸口から出《で》ていった。

七之助は、横に退いてなにもいわずに見送った。

三

七之助は、志保によって、そこに市助の霊がいることを知った。
そして、卯吉の霊も外にいると。
「ふうむ。では、市助に訊いてくれよ。お前は、闇鴉一家の一味なんだろ。頭《かしら》や手下たちはどこにいるんだ。そして、お前は誰に殺されたのかってことを」
七之助の言葉を、もちろん市助は聞いていた。
《応えなさい。もう死んだことは胸に落ちているんでしょ》
二人の男が家探ししているあいだに、志保は嚙《か》んで含めるように、市助にいまの状態を納得させていたのである。
《へ、へえ……それについて、ひとつお願いがあるんでやすが》
市助は上目づかいに志保を見た。
《なによ》
《外に卯吉がいるってことなんですが、俺に手を出させないようにいいふくめてもらいてえんですよ》

《なんだ、卯吉が怖いの。しょうがないわね。死んでるんだから、なにも怖がることはないのに》

《で、でも……》

市助は怯《おび》えた目をしている。

《分かったわよ。七之助、ちょっと待っててね》

志保は、七之助の脇をすり抜けて外に出ていった。

市助の言葉は聞こえないが、志保の言葉だけで、なんとなく七之助には、二人のやりとりが分かったような気がしていた。

志保は戻ってくると、

《卯吉さんは承知したって。だから、いいなさい》

《へ、へえ……ありがとさんです》

市助は志保に頭を下げると、

《あっしは闇鴉一家の下っ端の下っ端なんでやすよ。だから、頭がどこにいるのかなんてことまでは知りません。手下の何人かの居場所は知ってやす。そいつらに聞けば、頭のこともわかるでしょう。えーと、あとは……》

《あなたを殺したひとのこと》

《そいつは、益蔵《ますぞう》って野郎だ。一昨日は益蔵に話があるといって呼びだされたのよ。そしたら、ぶすりだ。俺がなにをしたっていうんだよ》
《益蔵というのは、闇鴉一家の者なの》
《ああ》
《あなたは闇鴉一家にとって邪魔になったのね》
《な、なんでだ》
《卯吉に闇鴉一家の頭に会わせるといったのはあなたよね。卯吉がお上の息のかかった者だとは知らずに》
《それがいけなかったのはたしかだが……》
《だから、あなたに卯吉を殺させ、そして、そのあとにあなたも殺しておこうとしたのね。それで、もう闇鴉一家につながる手がかりはなくなるから》
《そうか……益蔵は樽源には通ってなかったからな。俺がいなくなりゃあ、卯吉の線からはたどれなくなるってことかい》
《そういうことね。でも、そうはいかない。わたしがあなたから訊きだしたことは、そこにいるわたしの弟に伝わる。だから、知っていることをすべて話してちょうだい。もう闇鴉一家に義理はないでしょう》

《……それも、そうだな》

市助は、志保に話しだし、それが終わると、志保が七之助に伝えた。

市助の話から、闇鴉一家の何人かの住処が分かった。

そして、市助は一家の者から、奉行所の中に闇鴉一家と通じている者がいると聞いたことがあるといった。

だが、市助はそれが誰なのか、はたまた奉行所の中で、どのような身分なのかまでは知らなかった。

(まさか、与力や同心の中にいるとは思われないが……)

これで香苗の兄万五郎が闇鴉一家とつながっているという線はなくなり、七之助はほっとしたが、奉行所内部に間者《かんじゃ》がいるということは、また頭の痛いことだった。

そして市助は、闇鴉一家の頭領のねぐらは知らなかった。

普段は会ったことはなく、ほかの連中から頭領の指示を聞くだけだったという。そして、押しこみのときに覆面をした頭領と会っていたくらいで顔もよく知らないのだそうだ。

市助は、自分でいった通り、下っ端にすぎなかったのである。

ともかく、市助が教えてくれた闇鴉一家の者たちを捕まえて吟味すれば、一家を束ねる頭領と、そして奉行所内部の間者が誰だか分かるかもしれない。

　ただ、問題なのは、市助から聞いて知ったことを、七之助がどうやって知り得たかを説明することである。

　霊となった市助から訊きだしたなどといったら、頭がおかしいと思われるだろうし、せっかくの手がかりを信じてもらえない。

《どうやったら手がかりを生かせるのかしら》

　志保は、七之助に心配そうに訊いた。

「そうだな……本当のことを話しても誰も信じてはくれないだろうからなあ」

　七之助は、腕を組んでしばらく考えていたが、

「こうなったら、市助に働いてもらうとするか」

《ええっ、あっしは死んでるんでやすよ》

　驚く市助の言葉を、志保が伝えると、

「市助が手がかりをくれたことにするということだ」

《ど、どういうこってす》

　これも志保が七之助に伝える。

「市助はけっこう筆まめで、知り得た一家のことを書き残しておいた……というのはどうかな」
《どうもこうも、あっしは字なんて書けませんよ》
《市助は字が書けないって》
志保の言葉に、
「書けたことにしよう」
《……で、でも、それじゃあ、あっしは、生きてるときから裏切り者になっちまいやすよ》
《あなたのほうが、先に裏切られたんじゃないの。もう一度いうけど、卯吉殺しの下《げ》手人《しゅにん》としてあなたが疑われて捕まえられたら、なにがあなたの口から漏れるか分からないと恐れたのよ。だから、死人に口なしとばかりに殺したんじゃないの》
「そこで、死人にも口があったことにするのだ」
志保の言葉を受けて、七之助がいった。
《それが、書き残された手がかりってことですかい》
いつのまにか現れた卯吉がいった。
「う、うわっ」

市助は、志保のうしろに隠れた。

《七之助、よい手だと思うわ。それでいきましょう》

志保が笑顔でいった。

卯吉は市助をにらんでいたが、それ以上のことはするつもりはないようで、その場を動かない。

七之助は、矢立を取り出し、市助の部屋に紙がないので、襖《ふすま》を剝がして、その裏張りに、志保をとおして市助から知り得たことを書いていった。

わざと稚拙に書くのに骨が折れた。

志保は、七之助が書いているものを見て、間違いがないかどうかをたしかめた。

七之助は、書き上げたものを見て、

「よし、これを奉行所に持っていこう。あとは、市助になぜ目をつけ、部屋を探るにいたったのかをいわなくちゃならないが……まあ、なんとかなるだろう。それよりも、奉行所の中の様子がどうやって漏れたのか、それが分からないと……」

《あっしは、そこまでは知りませんぜ》

市助が、あわてて口をはさんだ。志保が七之助に伝える。

「ああ。だが、それが分からないとなあ……」

腕を組んで考えこむ七之助を見て、

《さあ、わたしたちはここから出ましょう。邪魔になるといけないからね。七之助、あとはまかせたよ》

志保は気を利かせて、卯吉と市助を連れて部屋から出ていった。

奉行所の中に、闇鴉一家の間者がいるらしいのだが、

（誰なのだろう……）

七之助には、皆目見当がつかなかった。

迂闊《うかつ》にいま書いたものを与力の帯刀に渡してよいものかどうか迷う。帯刀がどうのということではなく、奉行所内部に、このことが広がれば、捕物出役《とりものしゅつやく》の前に闇鴉一家の者たちに逃げられてしまうおそれがある。

（どうするか……）

七之助は、書きつけを持って奉行所へ戻る道すがら、あれこれと思案した。

そして、南町奉行所の黒渋《くろしぶ》塗りに白漆喰《しろしっくい》のなまこ壁が見えるところまできたときに、その思案が形を成してきた。

（よし、これでいこう）

唇を固く結んで、これから決戦の場におもむくような気分で、七之助は長屋門に向

かって歩いていった。

四

与力の藤原帯刀に二人だけで話したいと七之助は願い出た。

しばらくして、七之助は帯刀と奉行所の座敷で向かい合っていた。

「なんだ、内密な話と聞いたが」

帯刀は、闇鴉一家の手がかりが得られないためか、目の下に隈のできた顔だ。

七之助は、声をひそめて、

「実は、卯吉を殺した下手人を割り出しました」

「なに……」

帯刀の目がぎらりと光った。

「ただ、すでに殺されておりました」

「なんと」

「まだ先があります。お耳を拝借してもよろしいでしょうか」

七之助は、帯刀の許しを得ると、膝行《しっこう》し、帯刀の耳に小声で語りかけた。

男がひとり、一昨日の夜に元柳橋の袂で何者かに刺されて殺されたのだが、気になって調べているうちに身許をつきとめた。

その男は市助といい、市助の住んでいた長屋へいくと、襖の裏張りに市助が書いたと思われる書きつけを見つけた。

その書きつけには、自分が闇鴉一家の者だと書いてあり、仲間の名前と住処の場所もしたためてあった。

さらに、奉行所同心の手先である卯吉を殺したこと、もし自分も殺されたら、それは口封じのために、仲間がやったことだと書いてあった。

「市助は、闇鴉一家の下っ端で、一家に疑いを持っていたようです」

というと、七之助は懐から、市助の部屋の襖の裏張りを取り出し、

「書きつけはこれです」

帯刀に渡した。

ざっと目を通した帯刀は、

「よくやった」

七之助に笑いかけた。

「ですが、ひとつ乗り越えなくてはならぬことが……」

七之助の言葉に、

「なんだ」

「捕物出役のことが漏れていることです。お叱《しか》りを覚悟の上で申しますが、どうやら奉行所の中に闇鴉一家と通じている者がいるのではないかと思えてなりません」

「………」

帯刀は、険しい顔つきで七之助を見ていたが、

「認めたくはないが、それもあろうかな……」

目を伏せて苦渋に満ちた表情を浮かべた。

「しかし、それが誰であるのか皆目見当がつきません」

「ううむ……」

「そこで、あぶり出そうかと」

「上手《うま》くあぶり出せるのか」

「やってみるほかはないかと」

七之助の言葉に、帯刀はうなずくと、

「して、おぬし、策はあるのだろうな」

「はい」

七之助は、帯刀の目を見てうなずいた。

その日のうちに、南町奉行所の中で、帯刀からとして話が伝えられた。いま隠密廻《おんみつまわ》りに命じて調べさせていることとして、奉行所の外には決して漏らさぬようにということだった。

ほかの与力には帯刀が話し、同心たちには、帯刀から聞いた風間門左衛門が、同心溜まりで伝えたのである。

「一昨日の夜、元柳橋で男が刺されて死んだ。市助というらしいが、市助がどうやら闇鴉一家の者ではないかという疑いがある」

「なぜ、そんなことが分かった」

居合わせた相馬義一郎が門左衛門に訊いた。

「刺されたあと、通りかかった男に、虫の息の市助が自分からいろいろと喋ったらしいのだ」

「自分からか」

「自分を刺した男が、同じ闇鴉一家の仲間だったから、怒りも並大抵のものじゃなかったんだろうな。自分は、奉行所の手先を殺したとか、住んでいる長屋に闇鴉一家について知っていることをすべて書いた書きつけを残しておいたとかな」

「死ぬ前に、それだけのことを話したのか……」

義一郎は、眉唾《まゆつば》もので、信じられないといった顔をしている。

「そうらしい。ひょっとすると、俺たちの動きを闇鴉一家に漏らしている者まで分かるかもしれぬぞ」

「そうか……藤原どのは、いったいどこからその話を知ったのだろう」

「それはよく分からん。ともかく、いま市助の住んでいた長屋がどこにあるのか探させているところらしいが、すぐには分かりそうもない。死ぬ間際にいろいろ喋ったのだが、自分の住んでいるところまでは喋り忘れたらしい」

「迂闊《うかつ》な野郎だぜ。それで、俺たちは探さなくてもいいのかよ、その市助って野郎の住処を」

「明日にでもなれば、俺たちも駆りだされるかもしれないが、いまのところは、樫原にまかせているようだ」

「七之助にか。頼りねえなあ」

「まあそういうな。探せるかどうか待っていようじゃないか」

「俺たちはどうするのだ」

「ほかを当たっていろといわれた。とはいっても、なにも手がかりはないが」

「……くそっ」

義一郎は、面白くなさそうに悪態をつく。

（七之助が通っている女の兄はどうなんだ。末蔵の奴、ちゃんと見張ってるんだろうな……）

馬喰町へ様子を見にいくべきか迷い始めた。

門左衛門の話は、同心たちの口から小者に広がっていった。

小者までは、奉行所づきの者も、与力や同心の屋敷にいる者も、すべて身内だ。

そして、陽は傾き、夜になった。

夏の宵はまだ明るい。

長屋では、縁台を出して、外で冷やした茶や酒を呑んだり、将棋に興じる向きも多かった。

あたりが暗くなっても、暑いので部屋の中に戻る者たちより、外にいる者たちのほうが多いくらいだ。

市助の住処のある相生町の長屋も、その例に漏れず、かなり遅くまで蚊遣《かや》りを焚《た》きながら外で過ごす者たちがいた。

月は皓々《こうこう》として、青白い光を投げかけており、提灯《ちょうちん》がなくとも足元はけっこう明るかった。

だが、それでも五つ半（午後九時ごろ）を過ぎると、酔っぱらい以外は各々の住処に戻り、眠りにつきだした。

そして、四つ（午後十時ごろ）を過ぎたころには、長屋はしんと静まり返った。

すると、その静寂を待っていたのか、長屋の木戸からすっと足音を立てずに入ってきた人影があった。

人影は男で、まっすぐに市助の部屋の前までくると、素早くあたりをうかがい戸口を開け、中に入りこむとすぐさま戸口を閉めた。

人影が手燭《てしょく》の火をつけるよりも早く、明るい光が突如として男に投げかけられた。部屋の中に潜んでいた者が龕灯《がんどう》の蓋《ふた》を開けて、男を照らしたのである。

「野郎、ご用だ！」

男に向かって飛びかかったのは、由吉だ。

由吉が男を組み伏せようとした途端、物凄い力で由吉ははね飛ばされた。

「うわっ」

もんどりうった由吉は、龕灯を持つ者と折り重なってしまった。

「あ、兄貴」

龕灯を持ったまま倒れこんだのは、下っ引きの砂六だった。

部屋に侵入した男は、土間に降り立ち、戸口を乱暴に開けて外に飛びだした。

脱兎《だっと》のごとく逃げ出そうとしたのだが、

「逃げても無駄だ」

七之助が、目の前に立ちはだかった。

その手には、十手《じって》が握られている。

「野郎っ！」

男は、七之助に体当たりをしかけた。

由吉を投げ飛ばした技は柔術のものだろう。

すらっとした七之助は己の敵ではないと思ったに違いない。

だが、体当たりは素早かったのだが、七之助が身をかわすほうが早かった。

そして、かわしざま、手にした十手で男の首筋を激しくたたいた。

「ふぎゅっ」

妙な声を出して、男はくらっとした様子で、たたらを踏んだ。

そこへ、もう一発、七之助の十手が横から脇腹を打ちつけた。

「ふぐっ」

男は、がっくりと膝をついて動けなくなってしまった。

「ご、ご用だ、ご用だ！」

そこへ、由吉がようやく外に出てくると、男に折り重なった。つづいて出てきた砂六が、由吉の押さえた男の手をうしろにして縄で縛った。

男は七之助に十手でたたかれ、気を失うまでにはいたっていないが、頭がくらくらとして、息は詰まってしまい、抗《あらが》う力は残っていなかった。

由吉が男の上体を起こして、どぶ板に座らせる。

七之助は、男の顔を覗きこんでしげしげと見た。

「お前は見たことがある……というより、よく見ている顔だ。誰だったか……」

垂れ目で、潰《つぶ》れたような鼻をしており、唇が分厚い。

「そうか。奉行所でよく見る顔だ。小者の……名前はなんだったかな……」

七之助は、名前までは思い出せなかったが、奉行所で働いている小者であることは間違いなかった。

「市助が書き残したものを取りにやってきたのだろう。仲間に報《しら》せずに、自分でやってきたということは、仲間に報せる暇がなかったのか」

七之助の問いに、男は応えない。

どうせなにもいわないだろうと七之助は端《はな》から諦《あきら》めていたので、それ以上はなにも訊かずに、男の口に、用意しておいた丸めた布を押しこんだ。舌をかみ切られないための用心である。

長屋では、なんの騒ぎかと、戸口から顔を出す者がいたが、七之助の黄八丈の姿を見ると、捕物だと分かったようで興味津々で見ていた。

男を引き立てて表通りに出ると、自身番屋へと男を連れていった。

七之助は、ことが上手く運んだことを、組屋敷にいる帯刀に報せるため、砂六を走らせた。

五

市助の部屋に侵入したのは、小者の金蔵《きんぞう》という男だった。

奉行所内で雑用をこなしながら、与力や同心たちの動向を探り、聞き耳を立てて、それを逐一、闇鴉一家に報せていたのである。

吟味方《ぎんみかた》から激しい責め苦をされる前に、金蔵は白状した。奉行所にいる以上、吟味方の責め苦がたいそう辛いものであることを重々知っているので、責められる前に吐いてしまったのだ。

さらに、しらを切りとおしても、闇鴉一家は心配の芽は摘むだろうから、いつかは殺されるのだ。

間者の金蔵を捕まえた以上、のんびりしていることはない。

ただちに、市助が襖の裏張りに書いたものを元に、闇鴉一家の者たちがつぎつぎと捕らえられていった。

眠っているところを招集された同心たちは、捕り方たちと、まだ東の空が明けやらぬころに、闇鴉一家の者たちの寝こみを襲ったのである。

金蔵を捕らえるために、長屋の奥で張りこんでいた七之助も、一睡もせずに捕物出役に参加した。

市助の教えてくれた闇鴉一家の連中は六人で、本所《ほんじょ》深川あたりに住処があった。なにかと連絡を取り合うのに便利だったからだろう。

両国橋を渡ってすぐの相生町に住んでいたのは市助だけで、金蔵がほかの六人に報せるよりも、自分で探しにくることにしたのはうなずけることだった。

市助の長屋に闇鴉一家の誰がこようと、いずれは金蔵にたどり着けたろうが、真っ先に捕まえることができたのは幸先《さいさき》がよかった。

七之助は、北森下町に住む巳之助《みのすけ》という男の捕縛の先陣を切った。

指揮は与力の陣内主税《じんないちから》で、捕り方が戸口を開けると、

「南町奉行所与力陣内主税である。闇鴉一家の巳之助、大人しくお縄につけ」

陣内の名乗りとともに、捕り方、そして七之助が狭い部屋に殺到した。

「わわっ」

巳之助は、蒲団からがばっと跳ね上がるように起きると、枕元に置いてある匕首《あいくち》を取ろうとした。だがそのときには、捕り方が飛びかかっていた。

七之助は、十手を巳之助の鼻先につきつけて、

「観念しろ」

といっただけである。

ほかの五人の捕縛も、おおかた同じようにあっというまに片づいた。

ただ、夜中から朝方にかけて、金蔵を含めて七人の闇鴉一家が捕まったわけだが、肝腎の頭領は中にはいなかった。

頭領の名前は、闇鴉の哲蔵《てつぞう》ということが、捕まった一味の口から分かった。

だが、哲蔵の住処までは、みな知らなかった。

哲蔵からの連絡は、右腕といわれている錦次《きんじ》という男がやっており、この錦次の住処も分からない。

なにかあれば、もっぱら錦次のほうから、手下《てした》たちに連絡がいくのだそうだ。

「闇鴉一家は、捕まえた六人と、殺された市助、そして所在の分からない哲蔵と錦次、そして用心棒の浪人がひとりの、全部で十人のようだ。間者の金蔵を含めれば十一人か」

藤原帯刀が捕らえた一味を吟味して得たことを同心たちに伝えた。

「頭領とその右腕と用心棒……もっとも捕らえてえ奴らじゃねえですか」

義一郎が顔をしかめていった。

「捕らえた奴らから、なにか手がかりは得られませんでしたか」

七之助は、一睡もしていない充血した目をしばたたきながら訊いた。

「これから責め苦を与えて吟味していくから、これからだな」

帯刀は、吟味方与力の金子《かねこ》惣《そう》右衛《え》門《もん》に期待しているようだ。

正式な責め苦は、奉行所ではなく牢屋《ろうや》敷《しき》で行うが、それだと御徒目付《おかちめつけ》と御小人《おこびと》目付が立ち会うので、勝手に責めることはできない。

牢屋敷では、笞打《むちう》ち、石抱《いしだ》きという牢問《ろうど》いがあり、それでも白状しない場合は、海老《え》責め、釣り責めという拷問にかけられる。

だが、この責め苦は、身体が回復してからつぎの責め苦に入るというもので、けっこう長くかかってしまう。

そこで、危急の場合は、正式な手つづきを踏まずに、自身番屋や大番屋で勝手に責め苦をすることが多かった。

今回もそうすることにして、大番屋で金子惣右衛門が責め苦に及ぶという。

金子のする責め苦は、石抱き海老責めと、石抱き釣り責めだ。

石抱き海老責めは、石抱きと海老責めの合体型だ。

石抱きとは、算盤《そろばん》板という板の上に正座させられて、長方形の石を膝に載せられるというものだ。

算盤板とは真木ともいい、横から見ると三角形が連なって見える板だ。表面の突起に脛が当たり、ただ座るだけで痛い。

その上に、膝の上に伊豆石《いずいし》という硬くて重い伊豆産の石が一つずつ載せられていく。

石は長方形に加工してあり、長さ三尺（約九〇センチ）幅一尺（約三〇センチ）厚さは三寸（約九センチ）で、目方は十三貫目（四八・七五キロ）ある。

海老責めとは、海老の形に縄で縛るものだ。両手をうしろにまわして縄で縛り、別の縄で、あぐらをかかせた足のくるぶしからふくらはぎまでをぐるぐる縛り、縄の両端を首のうしろにまわす。そして、組んだ足が顎に近づくまで引きしめるのである。

これだけでも苦痛なのだが、それをくるりと仰向きにさせて、その上に伊豆石を置いていく。身体はこれでもかと折り畳まれて気絶しそうになる。これが、石抱き海老責めである。

石抱き釣り責めとは、石抱きと釣り責めの合体型だ。

釣り責めとは、両手をうしろにして縄で縛り、宙に吊るす。

両手を縛る際には藁《わら》を巻いておく。そうしないと、吊るすときに、腕がねじれ上がって骨が折れてしまうからだ。

縄は胸にもまわして固定しておく。それだけでも大変な苦痛なのだが、吊り上げた身体の背中に石を置くのが石抱き釣り責めだ。

金子惣右衛門の責め苦に白状しない罪人はいないと思われた。

「金子の責め苦は、こちらが見ていても気持ちが悪くなってくるほどだ。どんな奴でも、白状するだろう」

帯刀は、金子の責め苦を思い出したのか、青白い顔になった。

「あの……わたしは、いきすぎた責め苦はしないほうがよいかと……」

七之助の言葉に、帯刀の顔に朱が差した。

眉毛が少し逆立ったが、七之助は気がつかない。

「なにをぬかしやがる。お前は、金子どのを愚弄《ぐろう》する気か」

義一郎が、七之助に怒鳴った。

「い、いいえ、そのようなつもりは……ただ、なにも知らないのに、責め苦の苦痛で、当座逃れの嘘をついたりすることもあるかと……」

「そんなことたあ、たしかめて嘘だったら、さらに責め苦を与えりゃあいいじゃねえかっ」

「ですが、本当に知らないのなら、責め苦そのものが無駄になります。それに、もっと……」

七之助は、いいよどんだ。これ以上は自重すべきかと思った。

今回のこととは、直接関係がないからだが、

「いいたいことがあったらいえ」

帯刀の言葉に、

「はっ……ならば……此度《こたび》のこととは筋が違いますが、もし下手人でない者を捕らえ

てしまい、責め苦を与えたとします。あまりの苦痛に、やっていないこともやったといって逃れようとした場合、白状したとみなされて罰を与えられてしまいます。もっとも悪い場合は、死罪です。罪なき者を罰し、本来裁かれるべき者がのうのうと暮らしているということに」

「莫迦《ばか》野郎！　お前は、奉行の裁きが間違っているというのか。お前のいったことは奉行所そのものを虚仮《こけ》にするものじゃねえか。奉行の岩瀬《いわせ》さまをおとしめることになるんじゃねえか」

　義一郎が、口から泡を飛ばさんばかりに怒鳴りつけた。

「そ、そのようなつもりはありません。裁きの前の吟味についてのことで」

「なら、金子どのなど吟味方与力のかたがたを愚弄してるってことじゃねえか」

「……そ、それは……」

　七之助は言葉に詰まった。そのように受け取られてもしかたがないことをいってしまったのである。

「奉行所の中でそのようなことをいっていては、日ごろのつとめに支障がありはすまいか。そこまで思案してのことか」

　帯刀はきつい目で七之助をにらんだ。

「てめえ、詰め腹もんだぜ」

義一郎は吐き捨てるようにいうと、

「お前、そんなにいうなら、己の力で頭領たちの居場所を突き止めてこいよ。そうなったら、お前の危ぶむ金子どのの責め苦も終わろうというもんだぜ」

帯刀に顔を向け、

「藤原さま、こんな野郎だが、多少なりとも奉行所の役に立っています。だから、ここは聞かなかったことにして、その代わり、もっと働いてもらうってことで、なんとかなりませんかね」

「うむ……そうだな。樫原、わしはなにも聞かなかったことにする」

いい置くと、帯刀はさっさと立ち去った。

頭《こうべ》を垂れて見送っていた七之助に、

「早く、闇鴉一家の頭領を探してきやがれ」

義一郎が肩をどついた。

「か、かたじけありません」

七之助は、義一郎にも頭を下げた。

七之助は休む間もなく、闇鴉一家の頭領たちの居場所を探すための手がかりを得るために、奉行所を出た。

（だが、どうやって、頭たちの居場所を突き止めるというのか……やはり、こうなったら、姉上の力を借りるほかはないだろう）

志保に甘えてはいけないなどといっている場合ではないと、七之助は思った。

奉行所の長屋門をくぐり、しばらく歩くと、杉の大木の陰に入った。

「姉上……俺の声が聞こえないか。姉上……」

志保を呼ぼうと、宙に向かって声を出した。

だが、志保は出てこない。

（おかしいな……ひょっとすると、此度の捕物出役における俺の働きが目覚ましかったので、姉上は安心して成仏してしまったのか……）

それはそれでめでたいことだが、頼ることができないのは、大きな誤算だ。

志保を呼びつづけたが、しばらくして七之助は諦めることにした。

もう志保に会えないのかと思うと哀《かな》しかった。

だが、いまは志保のことを思っている暇はない。

しなければならないことがあるのだ。

杉の木陰でしばし思案し、

（手がかりを得るには……捕まえた手下たちの暮らしていた長屋のほかにはない）

七之助は、木陰を出た。

じりじりと焦げつくような夏の陽差しは、一睡もしていない目にはまぶしすぎる。手をかざして陽差しをさえぎりながら、七之助は本所に向かうために、船着場まで歩いていった。

六

猪牙舟《ちょきぶね》の船頭に命じ、堀を抜けて大川に出ると、対岸の本所へ向かった。

新大橋の袂《たもと》で猪牙舟を降り、七之助が加わった捕物で捕らえた巳之助の長屋へ向かった。

朝方、捕物出役があったときには、しばらく小者を長屋の木戸に立たせていたが、いまはいない。

昼下がりなので、井戸端に女房連中は少ないが、開け放した戸口からは、煮炊きのにおいが漂ってくる部屋もある。夕餉のための煮物を作っているようだ。

巳之助の部屋の戸口を開けると、捕物があった様子がありありと分かる。夏掛けは隅に放り出され、敷き蒲団は夏掛けとは反対の隅に押しやられていた。

蒲団をめくり、土間に置かれたものをどかし、さらには畳をめくってみたが、手がかりらしきものはなかった。

念のために襖を剝がして裏張りを見る。

そこに書きつけなどはない。

（……なんでもよいのだ、なにか手がかりがないものか）

じとっと湿っている部屋の中にいると、疲れが肩にのしかかってくるようだ。疲れを吹き飛ばすために、七之助は肩をぐるぐるとまわした。

そして、いま一度、部屋の中を見まわした。

真新しい手拭《てぬぐい》が台所にあった。

見れば、店の名前が染められている。

「滝田屋《たきたや》……」

すわ右腕の錦次が連絡をとりにやってきたときに置いていったものか。そうなら、錦次が住んでいる場所の近くの店《たな》だ……と思ったのだが、

「北森下町とも書いてあるか。ここのことだ」

小さい文字でたしかにそうある。

「そういえば」

七之助は、ついさきほど、表通りで滝田屋という扇《おうぎ》屋の前を通ったことをまざまざと思い出した。

(なんだ、そこで配っているものか)

溜め息をついて手拭を放り出す。

しばらくして、なにも手がかりがないので、巳之助の部屋を出た。あと、五人の長屋をまわるつもりだった。

長屋の場所は、昨日、捕物出役をする前、帯刀が同心を配置する際に詳しく場所を述べたので、七之助は書きとめておいた。

義一郎などは、七之助が書いているのを見て、鼻で笑っていたが、こうしたことが役に立った。

もっとも、義一郎なら、

「調べにいくと決まったら、物書き同心に頼んで書きつけを見せてもらい、書き写せばこと足りるじゃねえか」

というに決まっているのだが……。

長屋の木戸をくぐって出たときに、駆けてきた男がいた。

「おっと、旦那、ここにいやしたか」

汗みずくの由吉だった。

「どうしたのだ」

「いえね、今日の昼はどうすんのかなと思って奉行所に寄ったんでやすよ。町廻りをされるんならお供しようと思いやしてね」

「そうか。いまごろは眠っていると思っていたよ」

由吉も徹夜だったからだ。

「あっしは、捕物のあと、少し寝やしたから。ただ、旦那は奉行所にいったから、眠ってねえんでしょう」

「ああ、だが、休んではいられないのだ」

「それは聞きやした」

「誰にだ」

「相馬さまにですよ」

義一郎が由吉を捕まえて、ひとりで手がかりを探しているだろうから、追いかけてみろといったのだそうである。

だが、どこへいけばよいのか分からずに戸惑っていると、

「おおかた、あいつのことだ。捕まえた奴らのねぐらをまわってるんじゃねえのか。そんなところに手がかりがあったらお慰みだがよ」

といったそうである。

「ふうむ」

「口は悪いが、案外根はいい人なんじゃねえかと、少しだけですが思いやした」

「そうなのかもしれぬな」

七之助は、義一郎の顔を思い出そうとしたが、にらんでいるかこめかみに青筋をたて怒っているか、そんな顔しか浮かばなかった。

由吉を連れて、七之助は堀を渡った。六間堀《ろっけんぼり》町に、益蔵という闇鴉一家の者が暮らしていた長屋がある。

益蔵は、市助を殺した男だ。

由吉が自身番屋まで走り、たしかな長屋の場所を教えてもらってきた。

七之助ひとりでは、いくら書きつけがあったところで、長屋をすぐには見つけられなかったろう。自身番屋の番太郎につきっきりで案内させてしまうところだった。

だが、益蔵の部屋にも、手がかりらしきものはなにひとつ見つけ出せなかった。

つぎへいく途中、七之助の腹が鳴った。昼餉をとっていなかったからだ。歩いている途中にあった一膳飯屋に入り、とろろと目刺しで飯を食べた。由吉は家で済ませているといい、七之助が食べているあいだは、大根の漬け物で冷やした茶を飲んでいた。

大急ぎで飯をかっこむと、七之助は腰を上げた。夕刻までには、すべてまわり終えたかったのである。

そして、なにか手がかりを得られれば、捕まえた闇鴉一家への過酷な責め苦も終わらせることができる。

そのころ、志保はまだ成仏はしておらず、ひとりの浪人のあとを尾けていた。

七之助が捕物出役だと知り、そのあいだに香苗という後家のことを少しだけ見てやろうと思ったのが発端だった。

ただ、どんな女なのか、七之助がこの先、一緒になったら面倒を見てくれる優しい女なのか……どうにも気になってしかたがなかったのである。

《もしこの上なくよい人なら、わたしも思い残すことなく成仏できるのかな》

という気もしていた。

捕物出役にこぎつけるのに、志保や卯吉、市助の助けもあったが、七之助はかなりの働きをした。

これから経験を積んでいけば、立派な定町廻り同心になれるに違いないと思う。それには、志保はもう必要ない気がしていた。だから、あと気になるのは、独《ひと》り身だということなのである。

香苗という女のいる場所はなんとなく分かる。

七之助のあとを尾けたこともあったが、家の近くまでだ。

今度は、ひとりで家までいくことにした。

卯吉と市助の霊は、それぞれ四十九日が済めば成仏できるだろう。

いや、その前に成仏してしまうかもしれない。

卯吉は市助を脅す気もなくなり、闇鴉一家は、放っておいてもいつかは捕まるだろうと、急に関心がなくなってしまったようだ。

市助も同じで、自分を殺した益蔵が捕まったのだから、もう充分だと思っているようだ。

七之助を残して、三人で大川端まで移動したのだが、成仏できそうだなといい合っている卯吉と市助に、

《あなたたち、ずいぶんとさっぱりしてるのね》
といってから、志保は自分の言葉が、自分の現し世《うつしよ》への執着を裏打ちしているような気がした。
《そうさねえ。なんかどうでもよくなってきたぜ》
卯吉がいえば、
《俺なんて、すぐにしかたねえと思えてきたぜ》
市助にいたっては、さらにあっさりとしている。
《最初は恨んでいても、そのうち気持ちが薄れて成仏していく霊が多いのかしらね》
端《はな》からあっさりしている市助はともかく、卯吉のことを考えて志保はいった。
《恨みは、かなりの根性が要りやすよ。根性でなければ、力ってやつかな》
その力が、自分には思ったほどなかったのではないかと、卯吉はつけ加えた。
《あっしなんて、諦めが先に立ってやしたよ》
市助の言葉に、
《おめえは、根性なしなんだよ。莫迦野郎！》
卯吉がぽかりと頭を殴ったが、
《……ありゃ、痛くねえや。痛いと思うと痛いけど、思わなけりゃあ痛くねえ。これ

が死んでるってことでやすね》
《なに感心してやがんだ。もう一発どつくぞ》
《いいよ。何度どつかれても痛くねえもんな》
《くそっ、張り合いのねえ……》
などという二人の霊のやりとりを聞きながら、志保は、どうにも気になる香苗という女を見てみようと思っていたのだった。

七

志保は、七之助が捕物をしているあいだに、香苗のことをこっそり見ておいて、七之助には黙っていればよいと思った。

どうしようもなく悪い女だとしたら、それとなく腐《くさ》して、七之助に香苗の粗が分かるように仕向ければよい。

香苗の家の場所は、七之助に打ち明けられたときに聞いていた。

具足町の路地裏にある隠宅《いんたく》のような一軒家の前で、志保は家に入ろうかどうしようか迷っていた。

なにも遠慮はいらないのだが、家の外で見かけたのと、中にまで入ってみたのとでは、七之助にいった場合の反応に雲泥の差があるだろう。

できれば出てきたときに、じっくりと見て判断したかった。

まだ朝も早いのと、病が癒《い》えていなかったら、そうそう外には出てこないに違いない。そうなると、中に入らねばならない。

《どうしようかなあ……》

家のまわりをいったりきたりしながら、志保は迷っていた。

すると、長身瘦軀《そうく》の浪人者が歩いてくるのが目に入った。

眉根に皺《しわ》を寄せて、懐手にして弥蔵《やぞう》を決めている。どことなく荒《すさ》んでいる感じを志保は受けた。

《もしや……》

志保の勘は的中した。

浪人は、香苗の家の前までくると、戸口をたたき、

「おい、俺だ」

と声をかけた。

すぐに戸口が開き、浪人者は中へと入っていった。

志保は、戸を開けた女を見た。
《ずいぶんと器量よしね。しかも歳上の色気があるじゃない。七之助が熱くなるのも無理はないか……》
ただ、ちらりと見ただけだ。こうなったらもっと知りたくなる。
一瞬躊躇《ちゅうちょ》したが、志保は家の中へと入っていった。

香苗は、浪人のために茶を淹《い》れているところだった。

その横顔を志保はまじまじと見た。

人妻だっただけあって、熟れた女の色気が肌からにおい立ってくるようだ。

挙措動作は武士の家の出だけあってきびきびとして背筋がしゃんとしている。

顔に険のようなものはなく、どちらかといえばたおやかな風情だ。

志保はというと、お転婆だった少女のころの面影がいまだに残っており、勝気な性格が顔に表れていた。

それが利発な美しさがあるといわれ、八丁堀小町というにはふさわしかったのだが、香苗を前にすると、そうしたことが価値のないものに思えてくる。

自分と同い歳なのに、熟した雰囲気をかもしている香苗に、志保はかすかに嫉妬《しっと》を覚えた。

香苗は浪人の前に茶を置いた。

浪人は……井草万五郎という名前だったと、志保は思い出す。

万五郎は、茶をひとくち飲むと、

「二両ほど都合をつけてくれないか」

と前置きなしにいった。

「はい」

香苗は、立ち上がって隣室へいくと財布をとってきた。

「……これだけしかありませんけれど」

といって、財布の中身を全部、万五郎に渡した。

万五郎は金を数えて、

「一両か。しかたないな」

顔にかすかに失望の色を浮かべると、

「お前のほうは平気なのか」

とってつけたようにいった。

「はい。今日、仕立てをしたお金が入りますので」

「そうか。いや、助かった」

万五郎はそそくさと立ち上がった。

香苗はなにもいわずに、万五郎を見送る。

万五郎が戸口から出ると、香苗は下を向いて溜め息をついた。

《なんて奴なの、あいつは》

志保はめらめらと怒りの表情になった。

もちろん、香苗には見えないし、感じられもしないようだ。

いや、少しは志保の怒りを感じたのだろうか、不安そうにあたりを見まわした。

志保は、家を出て、万五郎のあとを尾けた。

《あの様子だと、たびたび金の無心をしているようね。いったいなにをしている奴なのかしら》

それを突き止めて、博奕や女にうつつを抜かしているのだったら、七之助にいってなんとかさせるつもりだった。

癒えてはいるが、病《やまい》にたおれた香苗に、無理をしてはいけないと、七之助はかなり援助をしている。

万五郎に渡した金も、七之助から出ている分が入っているに違いない。

だとしたら、七之助が意見をしても筋違いにはならないはずだと、志保は考えていたのである。

その日の夕刻までかかって、七之助と由吉は、闇鴉一家の者たちが暮らしていた長屋をすべて見てまわった。

だが、芳しい成果は得られず、呆然として最後の長屋の部屋に座りこんでいた。

そこは、海辺大工町《うみべだいくちょう》にある裏長屋である。

一味の者たちは、金はあるのだろうが、みな裏長屋に住んでいた。あまり豪奢《ごうしゃ》な暮らしをしていると目立つからだろう。

一味の者たちが持っていた金は、捕物のときに没収してある。

「もうなにもないな。しかたない、ここは暑すぎる。出よう」

七之助は、やはり座りこんでいる由吉をうながして、外に出た。

すべて住処は調べてしまったのだから、もうすることがない。

海辺大工町の裏長屋の路地を出ると、目の前に蕎麦屋があった。

「小腹が減ったな。蕎麦でもたぐるか。酒を少しどうだい」

七之助が誘うと、由吉は笑って、

「いいでやすね。酒で頭のめぐりもよくなって、なにかよい手を思いつくかもしれやせんぜ」

「だといいのだがな」

二人は、蕎麦屋の暖簾をくぐった。

やはり暑いので、蕎麦屋も戸口を開け放っている。

出来上がった蕎麦を食べながら、酒をちびちびと呑んでいたのだが、

「おやっ……」

七之助は、外を通った上背《うわぜい》のある男に目が吸いよせられた。

どこか堅気《かたぎ》ではない雰囲気を漂わせ、しかも隙がないのがただ者ではないと思わせたのだ。

これは、七之助が定町廻り同心となってから、暇さえあれば剣の稽古《けいこ》に励んでいた成果かもしれない。

その男が、さきほど七之助たちが出てきた路地に入っていくのである。

「なんでやす、あの男でやすか」

七之助の様子に由吉が気づき、男を見た。

「うむ。どこへいくか見てきてくれ」

「合点」

由吉は、蕎麦屋を飛びだした。

相手はかなりできそうだが、由吉も岡っ引きとして長い経験を積んでいる。気取られないように、男のあとを追っていった。

あまり待たずに由吉は戻ってくると、

「あの野郎、あっしたちがさっきまでいた闇鴉一家の者の部屋へいきやした」

七之助と由吉は、蕎麦屋の床几《しょうぎ》に腰掛けたまま、外を見ていた。中を覗き声をかけているのを見て、すぐに戻ってきたのだそうだ。

すると、さきほどの男が出てきた。かすかに首をかしげたような気がする。

「闇鴉の哲蔵の右腕かな……錦次という奴だ。由吉、あとを尾けてくれ」

七之助の言葉に、

「承知しやした」

由吉は、ゆっくりと蕎麦屋を出ていった。

七之助は勘定を済まして外に出た。

歩いていく由吉の背中越しに、背の高い男の姿が遠くに見えた。

七之助は、由吉のあとを歩いていった。

第四章　追　走

一

志保は、万五郎のあとについて歩いていた。

楓川《もみじがわ》の河畔に出ると、川に沿って北へ歩いていく。

吉原《よしわら》なら遠いので舟を使うはずだと思う。品川ならなおのこと、舟でないと遠すぎる距離だ。

ならば、昼から開いている博奕場《ばくち》があるのかと、志保は思った。

万五郎は、川沿いに歩きつづけ、本材木町四丁目で路地を左へと入った。

そして、馬喰《ばくろ》町の旅籠《はたご》に帰るのかと思いきや、万五郎は新右衛門《しんえもん》町の剣術道場を訪れた。

いちおう道場の看板は掲げているが、中から稽古《けいこ》の声は聞こえてはこず、ただ四、五人の浪人者が道場の板の間に思い思いの格好で座っていた。

「おお、井草、金は融通できたか」

無精髭《ぶしょうひげ》の濃い浪人が万五郎を見て訊《き》いた。

「たったの一両だが」

「おお、それで御の字だ。一文も持ってこられない者もいるからな」

にっと笑った歯が汚い。

《いったいこの連中はなんなのだろう》

志保は、道場の外から、むさ苦しい浪人たちを見て思った。

直接触れることができるわけでもないのに、中に入る気がしなかった。

「そろそろかな。腕が鳴るぞ」

頰《ほお》に傷のある浪人が大きな伸びをしていう。

「ああ。それには滋養をつけねばいかん。井草の持ってきた金で、今日はたらふく食えるぞ」

無精髭の濃い浪人が応《こた》える。

浪人たちは、なにを食おうか話し始めた。

どうやらこの道場で煮炊きをして食べるようだ。

志保は、外から様子をうかがっていたが、ふと獣臭いなと感じたら、犬がけたたましく吠《ほ》えだした。

道場の前は路地だが、路地口から志保に向かって吠えている。近づいてこようとはしない。

《うるさいな》

志保はにらみつけたが、犬は吠えるのをやめない。人とは違ったものを感じて、犬は吠えているのだろう。

「なんだなんだ」

浪人のひとりが、道場から出てきた。

「なにに向かって吠えているのだ」

犬の吠えている方向へ顔を向ける。志保と目が合った。いや、目が合ったと思ったのは志保だけで、浪人は志保を素通りして、その向こうを見ているのである。

「誰もいないではないか」

首をかしげて浪人は、また犬を見た。

「あっちへいけ」

浪人は、小石を拾うと、犬に向かって投げつけた。

小石は犬の前足に当たったが、そんなことは気にせずに、盛んに吠えつづける。

浪人は、もう一度小石を拾うと、また犬に向かって投げた。

そのとき、路地口から顔を出した者がいた。

小石は、その者に向かって飛び、

「おっと」

片手で小石をつかんだのは、志保の見知っている男だ。

「なにか妖《あや》しいものがいるのだな」

山伏の玄斎は、犬に語りかけながら、志保を見た。

《いけない》

志保は、その場から消えた。

「おや……いなくなったようだな。女のように見えたが……ひょっとすると、あの志保という女かの……」

玄斎はぶつぶついい、犬は吠えなくなっている。

小石を投げた浪人は、きょとんとした表情で玄斎と犬を見ていたが、

「まあいいか」

といって、引っこんだ。

「とりあえず、清めておくか」

玄斎は、経を唱えながら道場に近づいていった。

道場の前までくると、稽古場の板の間に向かって経を唱えつづける。

「辛気《しんき》臭いな」

髭の濃い浪人が顔をしかめた。

「あっちへいけ、坊主！」

万五郎が、玄斎に向かって怒鳴った。

だが、玄斎は意に介さずに経を唱えつづけていた。

闇鴉《やみがらす》一家の頭領哲蔵の右腕錦次と思われる上背《うわぜい》のある男は、北へ向かって小名木《おなぎ》川《がわ》を渡った。錦次は、あたりをしきりに気にしているようで、あちこちに目をやり、うしろも何度も振り返る。

由吉は、ずいぶんと離れて歩き、立ちどまって店を覗《のぞ》いたりと、工夫をしながら錦次のあとを尾《つ》けていた。

そのせいで、なんども見失いそうになったが、由吉も手練の岡《おか》っ引《ぴ》きだ。常盤《ときわ》町の路地に入るのを見届けた。

そこも、捕まえた闇鴉一家の者が住んでいた長屋に入る路地だ。七之助と由吉は、海辺大工町の前は、この常盤町の長屋を調べていたのである。

すぐに錦次は路地から出てくると、鋭い目であたりを見た。

由吉は、近くの絵草紙屋の中に入って、店の中から錦次の様子を見ていた。

七之助は、そこからまたかなり離れた店の軒先に入っていた。

歩きだした錦次は、闇鴉一家のほかの者の長屋に向かうのかと思いきや、きた道を戻り始めた。

由吉がそのあとを尾け、由吉の背中を遠くに見ながら、七之助がつづいた。

小名木川に架かった高橋《たかばし》を渡って、錦次は海辺大工町に戻ってきた。

錦次の足は、徐々に速くなっており、由吉もつられて足を速める。

陽差《ひざ》しは強く、じりじりと焼かれているようで、由吉の背中を見て歩いている七之助は、眠っていないせいか、ともすると朦朧《もうろう》としてくる。

（いかん）

頰を自分の平手でたたいて、頭をはっきりさせようとした。

由吉が足を速めたのに気づくのが遅れた。由吉の背中がぐんぐん遠ざかる。

（路地にでも入られるとまずい）

路地から路地に曲がってしまうと、あとにつづくのが難しくなる。

七之助は、あわてて小走りになった。

すると、心配したとおりに、由吉は路地に入ってしまった。

由吉は、錦次が路地に入ったので、見失ってはいけないと、路地に飛びこむようにして入ったのである。

（ど、どこだ）

路地に錦次の姿はない。由吉は路地を駆け抜けた。

路地を抜けると、そこは火除《ひよ》け地だった。

いきなり開けた視界に、錦次の姿があった。

こちらを見て、にやりと笑う。

頬骨の張ったいかつい顔で、目がいくぶん飛び出ている。目の前にすると、背の高さが威圧感を感じさせる。

「ちっ……」

由吉は、あとを尾けるために、懐に隠してあった十手《じって》をつかむ。

「お前、どうやら岡っ引きのようだな。一家の者たちは捕まったのか」

錦次は、すでに匕首《あいくち》を握っていた。

暑い真っ昼間のせいか、ほかに人はいない。

「そうよ。おめえは闇鴉の哲蔵の右腕錦次だろう。大人しくお縄につけ」

由吉は、懐から十手を取り出して構えた。

「そこまで分かってやがるのか。しゃらくせえぜ」

錦次は匕首をかざして、由吉に向かって飛ぶように襲いかかった。

由吉は匕首を十手ではじいたが、相手の凄《すさ》まじい力に、身体《からだ》の平衡が崩れてしまい、うしろに倒れこむのを防ぐだけで精一杯だった。

「死ねっ！」

錦次の匕首が、由吉の首に迫った。

二

七之助は、由吉の姿を追って路地に入ったが、姿が見えない。

胸騒ぎがして路地を走り抜けた。

走り抜けた瞬間、いままさに錦次が匕首で由吉の首を切ろうというところだった。

錦次は一瞬、七之助に気をとられた。

由吉は、咄嗟《とっさ》にうしろに倒れこんだ。平衡を崩さないための踏ん張りをやめたのである。

その結果、ぎりぎりのところで、錦次の匕首が由吉の首の皮一枚を切っただけに終わった。

ずでんと倒れこむ由吉に目もくれず、錦次は、すぐさま七之助に切りつけた。

恐ろしいまでの機転と素早さだ。

七之助のほうは、いきなり上背のある錦次が切りつけてきたのに対処する構えができていなかった。

おまけに、眠っていないところへ暑さにやられ、身体がやけに重い。

切られると思った瞬間、七之助は思い切り横に飛んでかわした。

避けることだけを考えたので、七之助は横に倒れこんだ。

身体を回転させて起き上がろうとしたが、上から錦次の匕首が襲いかかった。

「うわっ」

声を上げたのは錦次のほうだった。

七之助は、匕首に襲われることなく立ち上がった。

ちゃりんと音がして、錦次のそばに十手が落ちた。

「くそっ」

錦次は、こめかみのあたりから血を流している。

由吉が、倒れたまま十手を錦次に投げたのである。

七之助は、十手を握るのをやめて、大刀を抜いた。

匕首とはいえ、錦次の腕がかなりのものだと分かったからだ。

錦次は、匕首を構えると、

「きえーっ」

怪鳥のような声を上げて七之助に襲いかかった。

だが、刀を抜いて構えていれば、七之助の敵ではない。

峰を返した刀で、七之助はすっと横に動いて錦次の腕をたたいた。

鈍い音がして、錦次の手から匕首が落ちた。

「くっ」

錦次は、襲いかかった勢いで、たたらを踏んだ。

七之助は、錦次の首筋に刀の峰を打ちこんだ。

声もなく、錦次は前のめりに倒れた。

七之助は、錦次の懐を探った。だが、たっぷりと膨らんだ財布のほかは、なにもなかった。

「こいつ、頭《かしら》の居場所を白状しやすかね」

由吉が顔をしかめていう。

「並大抵のことでは吐かぬだろうな」

七之助は、それこそ拷問にかけなくてはならないだろうと思った。

そのとき、ふと錦次の腰にぶら下げてある手拭《てぬぐい》が目についた。

手拭を腰からひき抜くと、広げてみる。

「一色町《いっしきまち》塩商い三河屋《みかわや》か。これは商売のために店が配ったもののようだな」

「するってえと、一色町に」

「ああ、三河屋から塩を買っているのかもしれぬな」

七之助は、一筋の光明を見た思いがした。

自身番屋へ由吉を走らせ、番太郎たちを連れてこさせた。

まだ気を失っている錦次を戸板に乗せて、番太郎たちは自身番屋へと運びこみ、奥の板の間に鎖でつないだ。

七之助は、錦次の手拭から得た手がかりを書状にしたためると、足に自信のある番太郎に託して奉行所へ走らせた。

七之助と由吉は、ひと足はやく、一色町へと向かった。

捕まえた闇鴉一家の連中の話だと、あとは頭領の闇鴉の哲蔵と、用心棒の浪人者だけが残っている。

ただ、哲蔵も手強《てごわ》いだろうが、用心棒はさらに腕があるに違いない。七之助と由吉だけでは心もとないので、居場所を突き止めたら、奉行所からの手勢を待つつもりだった。

「旦那、気をつけてくだせえよ。なにせ、眠ってねえんだから」

一色町に向かう道で、由吉は七之助を案じていった。

由吉の目には、七之助の目の下の隈やこけた頰が痛々しく見えていた。由吉は仮眠をとっていたので、余裕があった。

「なに、平気だ」

七之助は強がりではなく応えた。

一睡もしておらず、身体が重かったのだが、ついに闇鴉一家の頭領を捕まえられると思うと、心も身体も急に軽くなった気分がしていた。

一色町に入ったときには、町並みは西陽で赤く染まっていた。

眠っていない目には、西陽はきつすぎる。

表通りを歩きながら、七之助は手をかざし、目を細めて三河屋の看板を探した。

もし、どこかで哲蔵や用心棒の浪人に姿を見られた場合を考慮し、町廻《まちまわ》りの最中という体裁を装って歩くことにした。

目当ての店は、すぐに見つかるかと思ったが、なかなか三河屋という名前の塩屋はない。

「塩屋だけでなくても、三河屋なんて名前の店は、二、三軒あってもおかしくねえんでやすがね」

「そうだな。たまたまないのだろうが……」

「裏路地にあるなんてことは」

「それはないだろう。客に配るための手拭を作っているくらいだから、表通りにでんと店を構えているはずだ」

七之助はそういったが、ひょっとして、店が潰《つぶ》れていることもあるなと不安になった。だが、士気にかかわるので、由吉にはいわずにおく。

西陽で目がちかちかして涙が出てくる。

それでも、我慢して店を探していると……。

「あった、ありやしたぜ」

由吉が興奮した声を出して、指さすほうを見ると、

「おお、たしかに三河屋だ。しかも塩商いとある」

三河屋の店先には、塩が入っているであろう俵が積み重なり、店の中には大きな笊《ざる》の中に塩が盛られているのが見えた。

それとなく店の中を見ると、夕刻のせいか、客がひっきりなしだ。

店の中に入り、客の相手をしている手代《てだい》が暇になったときに声をかけようと待っていると、店の奥から初老の男が出てきた。

「わたくし、番頭の為蔵《ためぞう》と申します。なんのご用でしょうか」

如才なく笑顔で手をもんではいるが、迷惑そうな響きがいくぶんか声にあった。

客の手前、一目で役人と分かる者に突っ立っていられても困るのだろう。

「ちと訊きたいのだが、この手拭はここで作って配ったものだな」

七之助は、懐から錦次の腰にあった手拭を取り出した。

「はい、そうでございます。うちが、三月《みつき》ほど前に作ってお配りしたものです」

「そうか。では……」

七之助は、錦次の風体を話し、そのような男が客としてこなかったか、そして、どこに住んでいるのか見当はつかないかと訊いた。

「さあ……お客さまは多いですからねえ」

為蔵は、首をかしげていたが、やはり知らないと首を振った。

「手代のひとりでもよいから、訊いてみたいのだがな。手が空いたときでよいのだ。ここにいて邪魔ならば、ほかで待っているが」

七之助の言葉に、

「そうですか。それなら、お入りになってください」

番頭は、七之助と由吉を店の奥の座敷へと招き入れてくれた。

店の土間に立っているときは、客のために迷惑そうだったが、一旦《いったん》奥に入れてしまうと、番頭は茶を女中に淹《い》れさせて、手代の手が空いたら、ひとりずつ全員、七之助と由吉に会わせるといってくれた。

しばらくすると、手代のひとりが座敷に入ってきた。

錦次の容姿を話すと、

「そのようなお客さまがいらしたことは覚えております。うちは塩屋ですので、たいていは女のかたか、店をやっている料理人がお見えになりますので、あまりそのような……なんといいますか、その……」

「堅気《かたぎ》でないような男だな」

「はい、お客さまなので、いいづらいのですが、そのようなかたは目立ちますので。

ですが、わたしは直《じか》にお話ししたことがないので、あとで知っている手代がやってくると思います」

この手代のいったように、そのあとにきた手代は、錦次に直に塩を売ったことがあるそうだ。

「どこに住んでいるか知っているか」

「ええ、お屋敷に入るのをお見かけしたことがありますので」

手代が所用があって外に出たときに、錦次を見たのだそうだ。

「その住まいがどこにあるか、教えてくれ」

七之助の言葉に、手代は家の場所を教えてくれた。

いまは手が空かないが、夜になれば案内もできるという。七之助がすぐ場所を知りたいというと、手代は、慣れた手つきで絵図を描いてくれた。

七之助と由吉は、絵図を持って三河屋を出た。

これまでは、ことが上手《うま》過ぎるくらいに運んでいる。

だが、先のことは分からない。

七之助は、気持ちを引き締めるために、両頰を両手でたたいた。

三

手代の描いた絵図をまず頭にたたきこみ、頭の中の絵図を頼って歩いた。

あくまでも、町廻りをしている風を装い、たまたまその家の前を通ったというようにしたかったのである。

闇鴉の哲蔵とその用心棒に、気づかれてはいけない。

その家は、元は商家の寮だったようで、高い生け垣の内には小さいが池もあるという。そこに哲蔵たちが住んでいるのだろうか……。

家の裏手は雑木林になっている。

沢山の木が姿を隠してくれるので、見張るのによいが、蚊《か》がいそうだ。だが、そのくらいで、四の五のいってはいられない。

由吉に、自身番屋までいってもらい、そこにいる番太郎に奉行所への連絡を頼むことにした。

すでに奉行所の面々は、錦次を捕らえている自身番屋までいっているかもしれないので、その自身番屋を経由してもらうことにする。

夏の宵はなかなか暗くならず、したがって家にも灯《ひ》がともらない。

中に人の気配があるかどうか、離れているので、七之助には分からなかった。

雑木林から生け垣越しに、寮の窓の上辺がかろうじて見える。

暑いせいで、すべて開け放っているのだが、その中に人の動きは見えなかった。

（もし、ここに誰もいなかったら……）

捕り方たちがやってきて、中はもぬけの殻だったということになると、七之助の立場はない。

（よく調べてから連絡してもよかったのだな……）

いまさらながら、性急すぎたかと思ったが、調べるための動きが、闇鴉の哲蔵たちに気づかれたら、それもまずい。

（中に、哲蔵と用心棒がいることを祈るのみだ）

七之助は、ここに志保がいてくれたらと思った。

（姉上がいたら、中に入ってもらい、哲蔵たちがいるかどうかすぐに教えてくれることだろう）

ただ、奉行所を出たときに、志保を呼んでも出てこなかったのである。成仏してしまったのかもしれない。

（このようなことを思うのはよくない。姉上が現れてくれれば、それは力になる。この上なく安心だ。だが……それでは、いつまでも姉上を頼ってしまうことになる）

だから、これでよいのだと七之助は思うことにした。

そうしているうちにも、蚊が容赦なく七之助を襲ってくる。

音を立てて蚊をたたくことはできない。

蚊だと思ったら、指で押しつけるようにして潰《つぶ》してゆく。

（香苗どのはどうしているのだろう……）

ふと、病み上がりの身体で、針を使って内職をしている香苗の姿が目に浮かぶ。

（まだ本復ではないのだから、仕事などせずに寝ていてくれればよいのだが）

胸が苦しいような、なんともいえなく甘酸っぱいような……七之助は、淡い恋心というものは二度目だが、何度あっても慣れないものだと思った。

《ここでなにをしているの》

いきなり声をかけられ、それが志保であり、しかも隣に忽然《こつぜん》と姿を現したのだから、七之助は声を上げそうになり、あわてて口を手で押さえた。

「あ、姉上……驚くじゃないか」

冷や汗をかきながらにらみつけた。

《あら、ごめんなさい。どうやら張りこみのようね》
「すぐに分かるだろ。こんなところにいるのだから」
《そうね……悪かったわ》
すぐにシュンとなる志保はめずらしい。
「それにしても……俺は、姉上が成仏したのかと思ったよ。昼前に、奉行所を出たところで姉上を呼んでみたのに、出てこなかったから」
《そういえば、呼ばれたような気がしたのだけれど、気になっていることがあって、あんたのところにいけなかったの》
「へえ、どんなことだ」
《それがね……》
志保はいいづらそうだったが、
《どうしても気になって、香苗さんのところにくる浪人のあとを尾けたのよ。兄じゃだってことよね》
「えっ、香苗どのの家にいったのかい」
《浪人を……香苗さんの兄じゃを尾けるためよ》
志保は、香苗を見にいったとはいえない。いえば気分を害するのは目に見えていることだった。
「闇鴉一家とは掛かり合いがないと分かったじゃないか」
《それでもね、なにかわけありな気がしたのよ》
「余計なことを」
不満そうな七之助に、
《兄じゃ……万五郎っていったかしら。万五郎は香苗さんに一両のお金を借りていったよ。最初は二両貸してほしいといっていたけど、香苗さんは一両のお金しかなかったの》
「待てよ。それじゃあ、姉上は、香苗さんの家に入ったのか」
《万五郎が入るのを見たからね。しかたなかったのよ》
「なにがしかたないだ。そんな……」
さらに文句をいおうとしたのだが、そのとき、見張っていた家の窓の障子が半分ほど閉められた。
夕刻になって、いくぶん涼しくなってきたからだろう。
「中に人がいた」
七之助は安堵《あんど》の溜《た》め息をついた。

中の者が闇鴉の哲蔵と用心棒かどうか、まだたしかではないが、無人であるよりもはるかによい兆しだ。

《家の中には誰がいるの》

「そうだ。せっかく姉上が現れたのだから、中を見てきてもらうか。そのくらいは、成仏するまでにしてもらってもよいことだな。よりたしかなことをするには、なんでも使わねばいかん」

七之助は、自分にいい聞かせるようにいった。

《いいわよ。で、なにをたしかめればいいの》

「そうだな。容姿は分かってないのだから、とりあえず二人いるかだが……」

といったときに、雑木林をかきわけて、由吉が近づいてきた。

そのうしろからは、足音を忍ばせて、与力の藤原帯刀、そして同心たち、さらに捕り方たちがつづいているのが見えた。

《いま、中の様子を見てくるね》

志保は七之助の応《こた》えを待たずに姿を消した。

万五郎が入った剣術道場のことがどうも怪しいといいに現れたのだが、いまはそれどころではなさそうだと思った。

家の中は、実に殺風景だった。

およそ人が暮らしているという感じがしない。

ただ、人の気配はあった。それも二人だ。

ひとりは、戸口から離れた奥の部屋で、正座をして書物を呼んでいた。総髪《そうはつ》で痩《や》せているが背は高そうだ。

鼻が高く、途中で折れたようになっている。鷲鼻《わしばな》というやつだ。

目は二重で大きく、唇は薄い。一見、賢そうな顔だが、目つきは酷薄そうな気が志保にはした。

武士であるのはたしかな気がしたが、筒袖《つつそで》を着ており、医者か学者のような雰囲気だ。

この男のいる部屋の窓の障子が半分閉じられていた。さきほど障子を閉じたのは、この男だったろう。

もうひとりは、総髪の男のいる部屋から一部屋置いて、とっつきの部屋であぐらをかき、鼻毛を抜いていた。

浪人者のようで、月代《さかやき》を伸ばしている。着流し姿だが、万五郎が訪れた道場にいる浪人者たちのようなむさ苦しさはなく、髭《ひげ》もきれいに剃《そ》っている。

ただ、狭い額《ひたい》の下の細く垂れた目の奥には、凶暴な光が宿っている。

浪人の前には徳利と湯飲みが置いてある。どうやら、冷酒を昼間から呑《の》んでいるようだ。

「遅いな、錦次の奴は」

浪人者はつぶやいて、鼻毛を抜くのをやめ、湯飲みに右手を伸ばした。

「ん……」

湯飲みに伸ばした手がとまった。

代わりに、左に置いてある刀をつかむ。

すっと立ち上がると、奥の部屋へと進んだ。

「おい、様子がおかしいぞ」

襖《ふすま》を開けると、鷲鼻で総髪の男に声をかけた。

「うむ」

分かっていたようで、こちらも脇差《わきざし》を持つと立ち上がった。

志保は、これだけ見ればよいと、七之助のそばに戻った。

四

七之助は、中にいるのが闇鴉の哲蔵かどうかは、確信はないが、おそらくそうだろうと正直に帯刀にいった。

「そんないい加減なことでの捕物かよ」

脇で義一郎が文句をいうが、

「勘づかれて逃げられたら、それこそよくない。しかたないのではないか」

風間門左衛門が、七之助を庇《かば》った。

帯刀は、どちらともつかない表情で、じっと家を見ている。

捕り方たちは、家の周囲を固めるために散らばりだした。

数人の同心たちが、捕り方たちを指揮している。

七之助の横に志保が現れ、

《二人いた。ひとりは垂れた細い目をしてるけど、なんだか怖そうな浪人。もうひとりは医者だか学者だか分からない格好をしているけど武士のようね。鷲鼻で総髪よ》

といった。

（よし、医者みたいなのが哲蔵だろう）

七之助は、志保に向かってうなずいた。

「なに、ひとりで納得してんだよ」

義一郎が、七之助をこづく。

《なによ、この人》

志保の身体からめらめらと青い炎が立ち上がったが、義一郎はなにも感じないようで、しきりに貧乏ゆすりをしている。

「まわりを固めた。いくぞ」

帯刀が雑木林を出ていく。義一郎、門左衛門、そして七之助が、帯刀のあとに出ていった。

表の門を捕り方たちが開けて足音をしのばせて入る。そのあとに、帯刀と同心たちがつづいた。

「南町奉行所与力藤原帯刀である……」

帯刀が名乗りをあげて、号令をかけると、捕り方たちが戸口から中へとなだれこむように入っていく。

「ご用だ、ご用だ！」

捕り方たちの声が家の中に響いた。

だが、部屋で迎え討つ者の姿はない。

すると、奥の部屋の窓の障子が大きく開け放され、そこからまず筒袖の総髪の男が、つぎに着流しの浪人が飛び出た。

「庭に逃げたぞ」

捕り方の声で、戸口にいた七之助たちは、庭へまわった。

総髪の男が池のまわりをまわって、生け垣に向かったときには、外から生け垣を一部壊して、捕り方たちが殺到した。

それから凄《すさ》まじい闘いが始まった。

あっというまに、捕り方たちが三人、血飛沫《ちしぶき》を上げて倒れこんだ。

刺股《さすまた》で動きを封じようとしても、二人の動きが素早い。

すると、総髪の男が、手傷を負わせた捕り方の肩に足をかけると、生け垣の向こう側へと飛んだ。

「野郎!」

義一郎があとを追う。

「あれが頭《かしら》だな」

門左衛門もそのあとを追った。

外には、同心が二人ほどいるはずだ。七之助は、用心棒の浪人者を捕縛するために力を尽くすことにして、庭に残った。

浪人の動きを封じようとする捕り方たちの突棒《つくぼう》や刺股は、ようやく功を奏し始めた。

そこを見計らって、捕り方のひとりが輪にした縄を浪人に向かって投げた。

だが、浪人の刀ですっぱりと縄は切られてしまう。

七之助は、捕り方が再び輪のついた縄を投げた瞬間、手にした十手を浪人に向かって投げつけた。

浪人は、縄を刀で切ろうとしたが、七之助の投げた十手に気を取られた。くるくるまわりながら飛んでくる十手は、顔に向かう。

思わず、浪人は刀で十手を弾《はじ》き飛ばした。

すると、縄の輪が浪人の腕の外側から身体にすっぽりとはまった。

捕り方は、ぐいぐいと縄を締め上げていく。

「くそっ」

こうなったら、浪人になす術《すべ》はない。

浪人が力つきて、抑えこまれるまで、さほどかからなかった。

いっぽう、外へ飛び出た総髪の男は、捕り方数人を斬《き》って、逃走した。

義一郎も門左衛門も、男の足の速さに追いつくことができなかった。

二人の悔しがりかたは尋常ではなかった。

帯刀から、哲蔵を逃した叱責《しっせき》を受けた義一郎は、

「お前は、なんで追いかけなかった」

七之助にくってかかった。

「わたしは捕り方たちとともに用心棒の浪人を……」

「そいつは捕り方たちにまかせておけばいいじゃねえか。お前が一番若いんだから、頭を追いかけるべきだったぜ」

「はあ……」

二人も追いかけていったのだから、自分はよいだろうと思ったなどといえば、またなにをいわれるか分からない。殊勝にうなずいたほうがましに思えた。

《なにいってるのかしら、この人……》

またも、横で志保が眉《まゆ》を吊《つ》り上げて、めらめらと青い炎に包まれている。

七之助は、志保に頭の哲蔵を追いかけてもらいたかった。どこに逃げたのかが分か

れば、それ以上のことはない。

だが、志保は、七之助が案じられて、浪人の捕縛を見守っていたのである。

それを責めることはできなかった。

七之助は気を取り直して、哲蔵と用心棒が住処としていた家の中を調べてみることにした。

家の中に、闇鴉一家がこれまで強奪した金はなかった。

哲蔵はどこか別の場所に隠しているのだろう。

家の中を隈なく調べてみたが、金の在り処《あか》や、哲蔵が逃げた先についての手がかりらしきものは見つからない。

ただ、文机《ふづくえ》の上に、逃げる前まで読んでいた書物が置いたままになっていた。

「孫子か……」

それは呉《ご》の孫武が著した兵法書だ。

「兵法を押しこみに利用しようとしたというのか……」

七之助は、孫子をぱらぱらとめくって首をかしげた。

あたりには夕闇《ゆうやみ》が垂れこみはじめた。

帯刀は、眠っていないために、げっそりとやつれた顔の七之助に、

「おぬしは、組屋敷に戻って休め。明日になっても哲蔵が捕まらないのなら、またおぬしに働いてもらわねばならぬからな」

といってねぎらってくれた。

奉行所では、これから夜っぴて哲蔵を探すことになっていたが、七之助の様子を見た帯刀の判断である。

七之助は申し訳ないと思いながら、ともすると気が遠くなってくる。

ただ眠っていないだけではなく、捕物で気を張ったせいもあり、疲れは溜まりに溜まっていた。

組屋敷に戻ると、七之助は、倒れこむようにして眠りについた。

捕まった浪人は名前を管野《かんの》又兵衛《またべえ》といった。

名前のほかには、なにも喋《しゃべ》らない。

金子惣右衛門が拷問にかけようとしたのだが、その前に又兵衛は舌を嚙《か》み切ってしまった。

舌を嚙み切ったからといって、すぐに死ぬわけではない。舌を巻きこんだり、血

が喉につまって窒息死しないかぎり、だらだらと血を流しつづけ、苦しみながら失血死するのである。

又兵衛は、舌を嚙み切ってから三日後に衰弱して死んだ。

口の中には血止めのための綿を含んでいたが、まったく役に立たなかった。

闇鴉一家の頭領哲蔵の行方《ゆくえ》は、奉行所の必死の探索にもかかわらず、杳《よう》としてしれなかった。

三日が経《た》ち、又兵衛が死んでしまっては、唯一の手がかりもなくなってしまったのである。

五

七之助は由吉とともに、哲蔵の顔を描いたものを持って、聞きこみをしていた。

哲蔵の似づら絵は高札場《こうさつば》にも掲げられてはいるが、見かけたという者がいても、いずれも哲蔵にたどり着くような目撃ではなかった。

志保は、七之助の邪魔にならないように、なるべく現れないようにしていた。

なにもせずにただ大人しくしているには、暗いところでぼーっとしていれば、ときが経っていく。

その場所がどこなのか、志保にはさっぱり分からないが、ほかの霊などが入ってこないところだ。それは、それぞれの霊が各々持っている場所なのかもしれない。

ただ、志保はどうにも気になることがあった。

香苗の兄の万五郎のことだ。剣術道場に集ってきた浪人者たちのことが怪しげで、頭から離れない。

又兵衛が死んで二日後の昼過ぎ、志保は新右衛門町の剣術道場へいった。

《山伏の玄斎がまた現れなければよいのだけれど……》

それだけが、志保の当面の心配ごとだった。

犬が吠えるだけなら、放《ほ》っておいてよいのだ。

その日は、どんよりと曇っていて、いまにも雨が降りそうな天気だった。

道場では、相変わらず、何人かの浪人者たちが、のんべんだらりと過ごしている。

ただ寝ている者、将棋を指している者、黄表紙《きびょうし》を読んでいる者、酒を呑んでいる者と、みんな勝手なことをしている。

《いったい、ここはなんなのだろう。いく当てのない浪人者たちの溜まり場なの？

……それにしても、なにかやることはないのかしら》

志保は、外から覗《のぞ》きながらしきりに首をひねっていた。

浪人者たちの中に、万五郎はいなかった。

小半刻（約三十分）も、道場の中を見ているだけで、志保は退屈になってきた。

《しょうもない連中だわ》

志保は、漫然と浪人たちを見ているのが莫迦《ばか》らしくなり、そこを離れようとした。

まさにそのときである。

ひとりの浪人者が駆けこんでくると、

「おい、当座の金だ」

膨れた財布を出して掲げた。

「おおっ」

「助かったぞ」

浪人者たちは、歓声を上げた。

「もう少ししたらだ。それまで、これで食いつなげとのお達しだ」

「そうか。それにしても、栄哲《えいてつ》どのは、どこにおられるのだ」

「それは教えてもらえなかった」

「まあ、よいではないか。ときがくるまで待て」

「それよりも、なにを食うかだ。久し振りに、料理屋にでも繰り出すか」

「まてまて。いまは雌伏《しふく》のときだ。やはり買い出しをして、ここで料理をして食おうではないか」

「しかたないのう」

などという会話を聞いていると、

《栄哲って何者なの。この人たちは、なにを待っているというの……》

志保の胸に、謎《なぞ》が膨らんできた。

こうなったら、とことん見ていてやろうと、志保は覚悟を決めた。

浪人たちは空腹だったようで、なにを買うか分担を決め始めた。

そこへ、またひとり浪人がやってきた。

《井草万五郎……》

香苗の兄だ。

「金ができなかったのだが……」

済まなそうにいう万五郎に、

「いいってことよ。今日は栄哲どのから金が入った」

「ほう、それは重畳《ちようじよう》」

万五郎の顔にも笑みが広がる。

「では、買い出しにいくとしよう。井草は酒を頼むぞ」

などといって、浪人たちは、財布の中から当面必要な金を出して分け合い、あちこちに食べ物や酒を買いに出かけた。

なにをしにいくか分かっているのだから、あとを尾けることはないと思い、志保はそのまま立っていた。

なにしろ、疲れるということを知らない。飽きてくればぼーっとすればよい。そのまま立ちつくしていられる。

幽霊というものは、なんと便利なものだろうと思うが……やがて、食べ物と酒が運ばれてきて、台所で料理をして、食べている光景を見るにつけ、なんとも切なくなってきた。

においも感じず、味わうこともできないのだ。

《こんなことでは、生きている甲斐《かい》がない……》

と思って、なんだ死んでるくせにとおかしくなり、ひとりで笑った。

《そんなことより、栄哲というのはどんな人なの……こんな浪人たちにお金を恵んでいるなんて……》

志保は、浪人たちが魚を焼き、煮染《にし》めを作り、それを肴《さかな》に酒を呑み始めたのをじっと見ていた。

六人の浪人たちが車座になって酒を呑んでいる光景は、仲間同士の交情を深めているようで、志保が見ていてもなんとなく微笑《ほほえ》ましかった。

すると、酔うにつれて、たがが外れてきたのか、それまで口にしなかった言葉が出てくるようになった。

それは「世直し」という言葉だった。

「俺たちの力で世直しをすれば……」

「世直しがなった暁には……」

と、話していると、

「大きな声でいうのではない」

制止する声がたびたび飛んだ。

そして、外の気配をうかがうのである。誰もいないとみると、

「いずれにしても、慎重にな。あまり酒を呑んで話さぬほうがよいぞ」

この言葉に、一同はうなずいている。

《世直し……なにを企んでいるのかしら》

志保は不穏な気配を感じずにはおられなかった。

七之助は、疲れた足をひきずって組屋敷に帰ってくると、風呂を浴びて、夕餉《ゆうげ》を済ませた。そして、すぐに行灯《あんどん》の火をしぼって、蚊帳《かや》に入り床についた。

(今日も、香苗どのの家にいけなかったが……もう風邪《かぜ》の具合はよくなっているのだろうか……金は足りているのだろうか……)

ぼんやりと香苗のことを気にしつつ、つぎに、

(姉上は、夕餉のときに現れなかったが、今夜はどうしているのだろうな……)

志保のことを思い浮かべ、うとうととまどろんでいた。

ふと、なにかの気配を感じ、目を開けると……。

志保が七之助を覗きこんでいる。

「おっ……姉上か」

七之助は、目をこすりながら起き上がった。

《こんな宵の口から眠っているんじゃ、ずいぶんと疲れているのね》

「ああ、闇鴉の哲蔵の似づら絵を持って歩きまわっているからなあ」

《若いくせにだらしないわね》

「……でも、この暑さだよ。姉上には、暑さは感じられないからな」

《そうね……それは悪かった。ごめんなさいね》

「おや、いやに殊勝じゃないか」

《いつもですよ》

「へっ、いってら」

などと、いつもの姉弟のやりとりがつづいていたが、

「今日は、夕餉のときに現れなかったけど、なにかあったのかい」

七之助が訊いた。

《それがね……》

また、万五郎のことを探っていたとはいいにくいが、しかたがない。

案の定、志保が万五郎が訪れる剣術道場へいったというと、

「もう闇鴉一家と掛かり合いがないのに、なんで姉上は香苗どのの兄じゃのことを探るんだ。余計なことをして」

七之助は、眉間《みけん》に皺《しわ》を寄せた。

《万五郎が気になるというより、あの剣術道場が気になったのよ。それでね……》

世直しがどうのと、浪人たちが話しており、その様子もなにか秘密めいた雰囲気だ

ったと志保はいった。

「そりゃあ、食い詰めた浪人たちだから、世直しがあればよいとか、そのようなことはいうだろう」

《そうじゃなくて、自分たちがしようとしてるんじゃないかって、わたしには聞こえたのだけど》

「その連中に、いったいなにができるというんだ」

《それは分からない……でも、なにか不穏な気配を感じたのよ》

「気にしすぎじゃあないのかい」

七之助は、闇鴉の哲蔵のことで忙しいせいか、志保のいっていることがさほど大きな問題だとは思われなかった。

《きっとなにかあるはずよ……》

志保は、取り上げてもらえない悔しさに、七之助を恨《うら》めしそうに見た。

「そんな目つきをしても無駄だよ。それに、もう万五郎どののまわりを調べるのはやめてもらいたい」

七之助は、きっぱりといった。

志保は、口をとがらしたが、それでも探るとまではいえなかった。

六

奉行所の必死の捜索にもかかわらず、闇鴉の哲蔵を見つけることはできずに、いたずらに日が過ぎていった。

もう夏の盛りはとっくに過ぎて、ひぐらしが鳴きはじめている。

探索を終えた夕刻、奉行所の帰りに、七之助は香苗の家に寄った。

香苗はいつものように笑顔で迎えてくれ、美味《おい》しい茶を淹れてくれた。

「もう秋ですわね」

茶を飲みながら、香苗は、前よりもふっくらとした顔をほころばせていった。

「そうですね。天高く馬肥ゆる秋です。香苗どのも、さらに食べていっそう元気になるといい」

七之助の言葉に、

「まあ、これ以上太ると、わたくし馬ではなく牛になってしまいますよ」

「ははは、そのようなことはありませんよ」

七之助は笑いながら、本来の健康を取り戻した香苗を見て、嬉《うれ》しい気持ちと、いくばくかの寂しさを感じていた。

毎日のごとく、様子を見て、香苗を気づかっていたころが懐かしい。

「今年の夏は、しつこい風邪にかかっていましたから、格別に暑く辛《つら》い夏でした。それだけに、いまがたいそう気持ちよく感じられます」

屈託のない笑みを浮かべる香苗には、七之助の気持ちなど思いもよらぬだろう。

「兄じゃは、お元気ですかな」

なにげなく七之助は訊いた。

一度会わせてほしいといったのだが、あれから香苗はなにもいわず、とうとう、あらためて万五郎と会う機会は得られなかった。

ただ、香苗のところに通っているあいだ、一、二度、出てくるところを見かけて挨《あい》拶《さつ》をかわしたことがあるのである。

志保から話を聞いたあとだったせいで、容姿風体が気になったのだが、浪人にしては綺麗《きれい》にしていて、志保がいうように、なにか世間を騒がそうとしているようには見えなかった。

ただ、少し荒《すさ》んだ雰囲気があることは、七之助も感じた。

以前香苗から聞いた話では、なかなか仕官の道が開けず、実入りのよい仕事もないので、妹の香苗にときおり無心しているようだが、それも多くの金を要求するわけでもなく、金ができたときには、返しにさえくるそうだ。

(なにも怪しむべきお人ではないではないか)

七之助は、志保の心配が莫迦莫迦しく思えていた。

だが、七之助の問いがとつぜんだったせいだろうか、香苗の顔が一瞬翳《かげ》ったように見えた。

「……はい。身体が丈夫なのだけが取り柄だ、なんて申してます」

香苗は、笑って応えた。

翳りは消えている。七之助は、いま見たことは錯覚だろうと片づけた。

香苗の家をあとにして組屋敷への道を歩いていたときである。

「斬り合いだ!」

という声が聞こえた。

どこからだと思っていると、だだっと走っていく野次馬が前方に見えた。

七之助は、野次馬たちのあとについて走った。

やがて人だかりがしている場所へいき着いた。

炭町《すみ》の京橋川《きようばしがわ》に面した河原だ。

だが、斬り合いはすでに終わっており、二人の浪人者が血にまみれて倒れている。

七之助は、駆け寄って二人の腕をとって脈を診《み》た。

いずれも脈はなく、こと切れていた。

ひとりは袈裟懸《けさが》けに、もうひとりは、首を深く斬られている。

そのほかにも、細かい傷があり、二人の刀の刃には刃こぼれが目立つ。

刀を何度か合わせたようで、ここで激しい斬り合いが行われていたことを思わせた。

「おい、この二人を斬った者を見た者はいないか」

七之助が、まわりを取り囲んだ者たちに訊くと、

「へい、あっしは見てました」

といって、近くで屋台の蕎麦屋《そばや》を出しているという親爺《おやじ》が名乗りを上げ、ほかにも何人か通りがかりの者が進み出た。

「斬り合っていたのは、浪人さんの四人で、二人が二人と、なにかいい合いをしていると思ったら、いきなり、刀を抜いて斬りつけるところを見ました」

「どちらが斬りつけたか分かるか」

「へえ、どっちも、斬り合いに勝っていなくなった人たちです」

親爺の言葉に、ほかの者たちもうなずいた。

「先に抜いたほうが有利に決まっているな。それでも、しばらく斬り合ったところを見ると、勝ったほうの腕が勝っていたともいえぬわけだ」

七之助が独りごちていると、

「そうです、先に斬られたご浪人は、卑怯《ひきよう》だと叫んでやしたぜ」

進み出ていた野次馬のひとりがいった。

二人ともに先に抜いたということは、あらかじめ斬ることを決めておいたのかもしれないと、七之助は思った。

七之助は、ともかく近くの自身番屋に誰か走らせようとしたのだが、すでに町役人《ちようやくにん》が駆けつけてきた。

翌朝の検視のために、死体の片づけを頼み、組屋敷に帰ろうとしたときである。

死体のそばに、志保が立っていることに気がついた。

倒れた浪人たちの顔をしげしげと見ている。

七之助は、離れた場所で、しばらく待つことにした。

そこで志保に話しかけでもしたら、町役人たちに不審に思われてしまう。

志保は、浪人たちの顔から目を上げて、あたりを見まわして、なにか声をかけているようだ。

だが、しばらくすると首を横に振った。

そして、物憂い顔で七之助に近づいてくると、

《あんたのいる近くで、嫌なことが起きた気がしたからきてみたのだけれど、案の定ね……》

「斬られた浪人たちの霊はいるのかい」

七之助は、これまでのことから、当然、殺された浪人たちの霊がいるだろうと思って小声で訊いた。

《二人とも霊が身体を離れているのだけど、まだ自分が死んだのが分からずに、話しかけてもぼんやりしているから、いまはなにも訊けないわ》

志保は、溜め息まじりに応える。

「そうなのか。ふうむ……」

《あの浪人たち、知ってる……》

志保は、眉をひそめてつぶやいた。

「な、なんで知ってるんだい。どこの浪人たちなんだ」

《万五郎のお仲間よ。剣術道場にいた……》

志保の言葉に、七之助は血の気が引くのを感じた。

七

七之助は、組屋敷に戻らずに、志保を案内に立てて、万五郎が訪れ、斬られた浪人たちがいたという剣術道場へいってみることにした。

急いだほうがよいと思い、船宿で猪牙舟《ちょきぶね》を雇い、楓川を遡《さかのぼ》った。

新右衛門町の堀端に猪牙舟をつけると、志保が待っていた。

先に道場を見てから、堀端に迎えにいくといっていたのである。

《道場には誰もいないわよ》

志保の言葉に、七之助は落胆したが、とにもかくにも、志保の案内で道場へ向かうことにした。

道場に着いてみると、たしかに人の気配はまったくしない。

「頼もう」

声を出してみるが、誰の応答もない。

《中に人はいないってば》

志保が焦《じ》れたようにいう。

「いちおう礼儀というものがあるだろう」

《融通を利かせなさい》

「うるさいな」

ともすると、生前と同じく姉と弟のやりとりになる。

それが二人には、相変わらずで進歩なく鬱陶《うっとう》しいのだが、変わらないことが嬉しくもあった。

月の明かりは中には届かないので、土間の隅に置いてあった手燭《てしょく》に火をつけた。

土間から道場の板の間に上がるときに、雪駄《せった》を脱ぐかどうか迷ったが、そのまま脱がずに上がった。

あまり掃除をしていないことが明白で、板の間に薄く積もった埃《ほこり》にたくさんの足跡がついていた。

台所に入ると、食べ物を載せた皿などは、いちおう洗ってはあるが、よく見ると、少し汚れており、男ばかりの暮らしだったことがうかがえる。

奥の部屋には蒲団《ふとん》が乱雑に積み重なっている。

「ここで暮らしていた連中は、なぜここを出たのだろう……」

七之助がつぶやいたとき、
《しっ……誰かくる》
志保が、人差し指を口に当てた。
七之助が耳を澄ませていると、志保の姿が消えた。
（こういうときは、姉上がじつに頼りになるな）
七之助は動かずに志保を待った。
やがて現れた志保は、
《浪人たちが五人、道場の中をうかがってる。殺気だっているから、中に人がいたら斬るつもりよ。あんた、隠れなきゃ》
「う……うむ」
こっちは奉行所の同心だ。なぜ隠れなきゃならないのだと思いつつ、五人もの浪人を相手にするのは無理があると納得せざるを得ない。
志保に導かれて奥の納戸《なんど》へ向かう。
《裏の出入口から出てもよいけれど、どうせすぐにいなくなるだろうから、ここで我慢して》
志保の言葉に、七之助はうなずき、納戸をゆっくりと音を立てずに開けて、中へ入り、またゆっくりと閉めた。

すると、いきなりどたどたと足音がした。

「おーい、誰かいないのか」

「栄哲どのの言伝《ことづ》てがあるぞ」

「それはそれとして、いっぱいやらぬか」

など磊落《らいらく》なことをいいながら、入ってくる。

（殺気立っていると姉上はいっていたが……）

あちこちどたばたと歩きまわる音がして、しばらくして、

「誰もいないぞ。もぬけの殻だ」

「さきほど二人斬ったのが、もう伝わったのか」

「それはないだろう。やはり、勘づかれたのではないか」

「あいつらを生かしておくと、なにをしでかすか分からないからな。厄介《やっかい》だと思ったのだが……」

「しかたない。俺たちもほかへ移ろう」

そのまま道場を出ていくように思えたのだが、

「待て。何人か、どこかに隠れているのかもしれんぞ」

「どこかとは」

「そうだな……納戸かなにかにだ」

「ふむ。念のために調べてみよう」

これはまずいことになったと七之助は思った。

(こうなったら、納戸を開けた途端に飛び出てやるか。斬りつけておいて、驚いている隙《すき》に道場の外へ出て逃げてやろう)

七之助の腹は決まった。

隣の納戸ががらっと開く音がした。

「なんにも入ってないな」

「そりゃあそうだ。ここはちょっと前に道場主が死んで、弟子も散り散りになり、いまは誰もいないのだからな」

「ふん、金目のものがあったら、奴らが持っていってるよ」

「そうだろうな」

などという声が近づいてくる。

いよいよかと思い、刀の鯉口《こいぐち》を切った瞬間……。

外でけたたましく犬の吠える声がした。

道場に向かって吠え立てているようだ。

「おい、なにに吠えてるんだ」

「見てこよう」

すると、今度はすぐ近くでも犬の吠え声がした。

「裏口からも吠え立てているぞ」

犬の吠える声は一頭や二頭ではない。少なくとも四頭か五頭……いや、もっと多いかもしれない。

「いったいどうなってるんだ」

「こりゃあ、人目を引く前に退散するか」

「どうせ、ここにゃあ誰もいないしな」

そして、足音は遠ざかっていった。

吠え立てていた犬たちは、さらに吠え声を高くした。

「うるさい」

という怒鳴り声がしたかと思うと、きゃいんと犬が悲鳴を上げた。

浪人がなにかをしたのだろう。

犬たちも吠えながら、遠ざかっていく。

七之助は、ここへきてやっと鯉口を元に戻した。

(助かった……)

身体中がじっとりと濡《ぬ》れ、額から流れてきた汗が目にしみた。

納戸の中が、暑気だけでなく、七之助の身体から発する熱で、ずいぶんと蒸し暑くなっている。

ゆっくりと納戸を開けて、少しはぬるい空気を吸って、七之助は生き返ったような気がした。

犬はまだ吠えていたが、ずいぶんと遠くへいっているようだ。

また、きゃいんと悲鳴が聞こえた。

そこへ志保が現れた。

「姉上が犬をけしかけたのかい」

《そうよ。前にこの道場の前で吠えられたから、野良犬がいないかと思ったのよ。そしたら、近くの空き地に何頭もいたから、近くに寄っていってあおってやったら、追いかけてきたの》

そして、道場のまわりをぐるぐるまわったら、犬もまわりに散ったそうだ。

《浪人たちが出てきたら、一緒になって歩いたのよ。そしたら、犬はわたしに向かって吠えてるんだけど、浪人たちは自分たちが吠えられていると思ってね。石を拾って投げつけたのよ。それが一頭に当たったの。犬に悪いことしたわ》

志保はしゅんとなっている。

浪人たちは、つぎつぎに石を投げつけはじめたので、志保は、すぐに離れて、犬を引き連れようとしたが、犬のほうは、石を投げた浪人たちに向かって吠えるようになっていたという。

「おかげで命拾いしたよ」

七之助の言葉に、

《わたしが納戸に隠れろなんていったのがいけなかったわね》

「だが、隠れるほかはなかったのだから」

《裏から出て逃げたほうがよかったのよ》

「まあ、犬には悪かったが、ことを荒立てないで終わったのだからいいんじゃないのかな」

七之助の言葉に、志保はくすっと笑って、

《あんた、優しくなったわね》

といった。

「姉上は、もともと優しいな。俺は大人になったってわけだ」

《なにいってるのよ》

といいつつ、志保は七之助が頼もしく感じられた。

「しかし、いまここにきたのも浪人たちなのだろう。しかも、ここにいた連中と顔見知りというか、元は仲間だったような、そんな風だったけれど……」

《妙ね……なにかあるわ》

「ともかくここを出よう」

七之助は、足音をしのばせて、道場から出ていった。

まわりには人の影も、さらに犬もいなかった。

月の明かりだけが、妙に白々とあたりを照らしていた。

第五章　襲　撃

一

「あっ……」

七之助が頓狂《とんきょう》な声をあげた。

《なに?》

「いまの浪人たちを尾《つ》けるべきだった。己の身のことばかり案じていたので、忘れていた。なんたる失態だ」

七之助は、奉行所の同心であるべき心構えがなっていないと、激しく自己嫌悪にかられた。

《わたしも思いつかなかったわよ。あの連中か、その仲間が浪人たちを殺したのだからね。同心の娘がなにをやっているのかしら》

「姉上は、そんな風に思うことはないよ」

《女を莫迦《ばか》にしないの。それにね、まだ間に合う》

「え……」

《犬がまだ吠《ほ》えている。聞こえない？》

「そういや、遠くで吠えているような……」

《わたし、尾けてみるわ》

いうなり、志保は姿を消した。

「姉上……」

七之助は、自分さえしっかりしていれば、志保の助けなど必要なかったのだと、さらに自分を責めた。

（いかんなあ、いつまで経《た》っても一人前になれないではないか）

だからこそ、志保は成仏できない。……そう思ってみると、まだいいのかなという気もしてくる。

（なんと都合のよいことを俺は考えているのだ。莫迦もん！）

自分で自分を叱《しか》ってみたが、あまり切実ではなくなってしまった。

（ともかく、これまでの失態はしかたがないことだ。それを糧にして、これからは、同じことのないようにしよう）

とにもかくにも、七之助は胸を張って歩くことにした。

志保は、犬の吠え声を頼りに移動した。

すると、やはりさきほどの浪人たちに向かって、まだ何頭かの犬が吠えながらあとについているのを見た。

「しつこい犬たちだな」

「お前、血のにおいがするんじゃないのか」

「そ、そうか……」

いわれた浪人は、自分の着流しをあちこち、くんくん嗅《か》いで、

「もう三日も前のことだ。血のにおいなんぞ消えている」

いい加減なことをいうなと、隣の浪人をにらみつける。

「そういえば、三日前に斬った奴の骸《むくろ》はまだ見つかっていないのか」

「ああ、大川に投げこんだのだが、まだ揚がっておらん」

「おおかた海へ流されたか、どこか見つかりにくいところに、ひっかかってるんだろう。南無阿弥陀仏《なむあみだぶつ》」

浪人たちの会話を聞いていた志保は、

《ほかにもまだ殺している……どういう奴らなのかしら》

怖気《おぞけ》を感じながら、浪人たちのあとを尾けていった。

闇鴉《やみがらす》一家と井草万五郎が掛かり合いがないとたしかになってから、由吉の馬喰《ばくろ》町の張りこみは取り止《や》めになっていた。

義一郎が使っている岡《おか》っ引《び》き末蔵も、その任を解かれているはずだ。

その万五郎が、今度の浪人殺しと掛かり合っているかもしれない。

(万五郎どのに会わねばならんな)

七之助は、組屋敷に帰るのをやめて、馬喰町へ向かった。

志保なら、どうしても七之助に伝えたいことがあるのなら、幽霊の勘で、居場所は分かるはずだと思った。

馬喰町に入ったのは、五つ(午後八時ごろ)をまわっていた。

夕餉《ゆうげ》を食べていないので、腹が鳴ったが我慢する。

(たしかここだったな……)

七之助は、白井屋という旅籠《はたご》を見上げた。

暖簾《のれん》をくぐって中に入ると、出てきた女中に、長く泊まっている浪人の客はいないかと訊《き》いた。

「一昨日までは、何人かいましたが、いまはいませんよ」

「ひとりもか」

「はい。なんだかあわただしく出ていかれましたけれど」

もちろん、どこへいったのかは分からないという。

万五郎のほか、二人の浪人がいて、よく一緒にいたという。

（ほかの旅籠にも仲間のようなのがいたと由吉はいっていたな）

そうした者たちは、襲われるのを恐れて姿を隠したのだろうか。

（だいたい、なぜ二つに割れているのだ。なにが起こっているんだ）

七之助は、白井屋を出て、あたりをながめた。

浪人がいると、万五郎の仲間か、敵対する連中かのどちらかかと思ってしまう。

（だが、この江戸に浪人はどれほどいるのだろう。そのほとんどは、此度《こたび》のこととなんの掛かり合いのない者たちに違いない）

七之助は、夕刻に訪れた香苗の家に、いま一度いってみようかと思った。

万五郎の新しい居場所を、香苗が知っているかもしれないからだ。

（だが、香苗どのの家に着くころには、ずいぶんと遅くなっている）

心に臆《おく》するものがあった。

組屋敷に戻って、志保の首尾がどうなったかを待ったほうがよいのではと思えてきた。

組屋敷に戻り、下女のおもとの用意してくれていた夕餉を食べた。

いつもだが、おもとの給仕は断って、自分でする。

志保が現れるので、おもとがいては話すことができないのだ。

夕餉を食べ終えたころ、

《ふう……》

志保が疲れたといった溜《た》め息をついて現れた。

「おや、幽霊は疲れないのじゃないのかい」

《気分的に疲れたのよ。だって、わたしがいると犬が余計に吠えて、しかもつきまとうし……》

「犬のほうか。浪人たちの住処《すみか》は分かったのか」

《ええ。それがね……》

浪人たちは、永代橋《えいたいばし》を渡った先の相川町にある寺に入っていったのだそうだ。

《破《や》れ寺というほどではなかったのだけれど、住職は住んでいないようだから、使われていない寺みたい》

そこで、浪人たちは酒盛りをはじめたのだが、その様子を志保は思い出しつつ語ってくれた。

二

寺の堂宇の中で、浪人たちは酒盛りをはじめた。

新右衛門町の剣術道場を襲いにきた者たちで、全部で六人いた。

小太りで赤ら顔の浪人が、

「あいつら、まだ世迷《よま》いごとを信じているのだから始末に悪いぞ」

苦《にが》い顔でいう。

「金さえ、こちらにくれれば、放《ほ》っておいてもよいのだがな」

痩《や》せて顎《あご》に黒子《ほくろ》のある浪人が応《こた》える。

「だが、捕まったら、俺たちのことを吐くのじゃないか」

「吐かれたって、場所も移ったし、痛くも痒《かゆ》くもない」

すると、二人の話を聞いていた頬《ほお》に切り傷のある浪人が、

「気になるのは、栄哲だ。あの男は惜しい。あいつの指図は間違いがなかったからな。あいつは、奴らについているのか」

「こちらにはなにもいってこなかったからな。向こうについているのではないか」

「やはり、あいつも莫迦の口か」

切り傷の男は、吐き捨てるようにいった。

「あいつら、あの道場からいなくなっちまったから、どこにいるのかさっぱり分からなくなっちまったぜ。どうするんだ」

離れて酒を呑《の》んでいた猿のような顔の男が割って入った。

「もういいんじゃねえか。それよりも、俺たちだけで押しこみをすりゃあいい」

赤ら顔がいうと、

「栄哲の指図なくか」

切り傷の男が不安そうにいう。

「あんな奴の指図なんかいらん。だいたい、あいつはなにもしないくせに、指図だけで金をせしめやがって。こっちからお払い箱だ」

赤ら顔は、口をとがらす。

「その意気だ」

　黒子の浪人がうなずいた。

　この話は、これで終わったようで、そのあとは、どこの店《たな》に金があるか、襲うには、どこの店がたやすそうだとか、そんな話をしていたが、酒が入っているせいで、はっきり決めることはなく、ただおだを上げているだけになっていった。

　そのうち、岡場所《おかばしょ》の女の話になってきたので、もう得るものはなさそうだと志保は見切りをつけて帰ってきた。

「あの浪人たちは、ただの盗賊だったのだな」

　七之助の言葉に、

《そのようよ。剣術道場の浪人たちは、世直しをしようという、盗賊たちにいわせれば莫迦ものたちってことね》

　万五郎もそのうちのひとりなのだろうと、七之助は思った。

「元は、ひとつだったのだろう。その栄哲という男が、まとめていたということになるのかな」

《そんな風なことをいっていたわよ》

「どんな男なのかな、栄哲というのは」

七之助は、これはどうしても万五郎に会ってみなくてはならないと思った。万五郎は、おそらく七之助に正直にすべてを話すことはないだろうが、ともかく万五郎を突破口にしないと、なにも分からない気がしたのである。

翌日は、あいにくの雨だった。

小雨なのだが、やむ気配はなく、急に肌寒さを感じた。

七之助は奉行所に出仕すると、傘を差して由吉と町廻《まちまわ》りに出かけた。

だが、七之助は、町廻りの受け持ちではなく、具足町の香苗の家へひとりでいくつもりだ。

由吉には、これまでのことを話し、ひとりで町廻りをしてもらうことにした。

話を聞いた由吉は、

「そりゃあ剣呑《けんのん》でやすね。まだ闇鴉の哲蔵も捕まってねえっていうのに、今度は浪人の盗賊団でやすか」

「すでに、押しこみなどをしているようだ」

「そういや、闇鴉一家とは違った押しこみが、ちょこちょこありやしたね。闇鴉ほどの金を盗まないんで、どうしても探索が二の次になってやしたが、それがそいつらの仕業だったのじゃねえんですか」

「そのような気がするな。そして、こちらは頭領というか……軍師のようなものなのか、栄哲という男がいて指図をしていたらしい」

「頭が切れる男なんでやしょうね。その頭を、もっと世の中の役に立つことに使ってもらいてえもんでやすねえ」

由吉のいったことは、七之助ももっともだと思った。

「あっしもついていって、家の近くでお待ちしてやしょうか」

由吉の申し出を、七之助はしばらく考え、

「いや、俺ひとりにしよう。もし、万五郎どのがいたら、なるべく穏便に話したいのだよ」

「岡っ引きの姿がちらちらしていたら、かっとするかもしれやせんね。旦那《だんな》は、まあ、香苗さんてお人のお知り合いだから、相手も気を許すかもしれねえってことでやしょうか」

「町廻りをひとりでさせて悪いな」

七之助は由吉と別れると、具足町へと向かった。

家には、香苗がひとりでいた。

「万五郎どのに、至急お会いしたいと思いまして」

挨拶《あいさつ》もそこそこに、七之助は切り出した。

「そういえば、兄は、いずれわたくしへのご厚情のお礼を、樫原さまに述べなくてはと申しておりましたが……一、二度、この家の前でお見かけしたのに、急いでいたので、挨拶だけで済ませてしまい申し訳ないと……」

「いえ、礼などよろしいのです。実は、気になったことがありまして……万五郎どののお身が案じられまして」

七之助の言葉に、香苗の顔色が青くなった。

「そ、それはどういうことでしょう……」

「わたしにも、しかとは分からないのです。ただ、このところ、浪人がいく人も殺されており、どうやら万五郎どのと交遊のあるかたがたのようなのです」

「……兄も、殺されるかもしれないと」

「なんともいえません。ですから、万五郎どのと話がしたいのです。相手は、どうやら盗賊団のようなのですが、万五郎どのは、そうではない。ならば、わたしが力になれるのではないかと思ったのですが」

「盗賊団が相手……」

香苗は、呆然《ぼうぜん》とした顔になり、目をさまよわせた。

「どこに万五郎どのがおられるか、ご存じではないですか。実は、馬喰町の旅籠白井屋へ昨夜いってみたのです。すると、すでに引き払われてしまったそうなのです。しかも、お仲間たちも旅籠からいなくなってしまいました」

「そうですか……兄は……」

香苗はいいよどんだ。

当惑した表情で、七之助から目を離す。

そして、目を落ち着きなく動かしながら、

「どこへ移ったのか……わたくしも知らないのです」

といった。

七之助は、移ったことはすでに知っていたのかと思い、香苗がいいつくろっているように感じられたが、それ以上は無理に訊くのをやめた。

「では、もし万五郎どのがここにこられたら、わたしと会ってくださるのなら、いつでもどこへでも参じますので、時刻と場所を教えていただきたいとお伝えください。

それがお嫌《いや》なら、くれぐれもご注意くださるように」

七之助は、それだけいうと、今日はのんびりできないからといって家を辞した。

家から出て、やまぬ雨に傘を差して歩いていると、いつのまにか志保が横を歩いている。

朝餉《あさげ》のときに、香苗の家を出てきたら、志保が現れるとあらかじめ示し合わせていたのである。

殺された浪人二人の霊にも、志保は早朝に会いにいってきたそうだが、まだ錯乱していて要領を得なかったそうだ。

「やはり、香苗どのは、なにも知らないそうなのだ。姉上、今朝いったとおりに頼めるのかな」

《あたりめえだよ、べらぼうめっていうのかしら》

志保は、茶目っ気たっぷりにいう。

「こういうときに、ふざけるのはよしてくれよ」

《香苗さんに掛かり合うことだと、いやに真剣ね》

「そういうわけではない。なにか不穏な気配があるからだ」

七之助は、むきになり志保に反撥《はんぱつ》したが、胸の内を見透かされているような気がしたのである。

七之助は、そんなことをいう志保が意地悪だと思った。

志保も、自分で気がついたようで、

《そうね。悪いことが起きないようにしないと》

真面目《まじめ》な顔で応えた。

七之助は去っていき、志保だけが香苗の家の近くに残る。

《香苗さんのこととなると、わたしは嫌な女になってしまう。まったく……》

志保は、溜め息をついた。

三

香苗の家の前で待つこと一刻（約二時間）。

雨はようやく小降りになってきた。

すると、傘を差した浪人が速歩《はやあし》で香苗の家に近づいてきた。

《万五郎……》

たしかに、その男は、井草万五郎だった。

万五郎は、あたりをうかがってから香苗の家に入った。

志保は中に入ろうかどうしようか迷った。

中で兄妹の会話を聞くのは、どうにも気が重かった。どうせ、金の無心に違いないと思ったのである。

小半刻（約三十分）が経ち、万五郎は出てきた。

万五郎は傘を差そうとしたが、雨がほとんどやんでいるので差すのをやめた。

傘を提げたまま、水たまりを避けて歩き去っていく。

志保は、万五郎のあとを尾けていった。


そしてまた一刻が経った。

すでに昼下がりになっており、空には雲の切れ間から陽《ひ》が差している。

七之助は、ゆっくりと町廻りをしていた。由吉と合流はせずに、そのあとをただときを潰《つぶ》すために歩いていた。

志保は、万五郎の居場所をつきとめたら、七之助の気配を探って現れる手筈《てはず》になっていた。

かなりときが経っているので、七之助が少々焦《じ》れてきていたところ、

《お待たせ》
といって、歩いている七之助の横に志保が現れた。
「で、首尾は」
《分かったよ。道場のあった新右衛門町と近かった。日本橋川のすぐ近く。青物《あおもの》町の稲荷《いなり》のうしろにある仕舞屋《しもたや》に住んでいる》
「ひとりでかい。それとも……」
《ほかに四人もいたわ。そのうちの二人は道場で見た顔だった》
「そうか。ここからも近いな」
七之助は、日本橋北の新材木町にいた。
少しでも早くと思い、堀で猪牙舟《ちょきぶね》に乗ると、日本橋川に出て、江戸橋の袂《たもと》で舟を降りた。
そこに志保が再び現れ、青物町の仕舞屋まで連れていってくれた。
もとは乾物屋だったのだろうか、鰹節《かつおぶし》や昆布《こんぶ》のにおいが、どこからともなく漂っている。
《ちょっと様子を見てくる》
志保が消えた。

七之助が小間物屋の庇《ひさし》の下で待っていると、志保が戻ってきて、

《万五郎は中にいるわ。ほかも残っているけれど》

「そうか……様子を見ることにするか」

なんとか万五郎と二人だけで話したいので、ほかに四人も浪人がいる家に乗りこむのは避けたいところだ。

《中にいる浪人たちは、なかなか出てこないと思う。なにかを待っているみたいだしね……》

「そうか。では、どうするか……」

七之助は、しばし思案していたが、よい案は浮かばない。

いたずらに手をこまぬいていると……。

仕舞屋の勝手口が開いて、当の万五郎が出てきた。

あたりに気を配りながら、速歩で歩きだす。

「これは都合がいい。しばらくしたら声をかけてみるよ」

七之助は志保にいうと、万五郎のあとを尾けていった。

志保はどうしようか迷ったが、七之助の邪魔をしてはいけないと、七之助のあとについていくことにした。

万五郎は、青物町から楓川の河畔に出ると、海賊橋《かいぞくばし》を渡り、坂本町に入った。

七之助も海賊橋を渡ったはよいが、路地に入った万五郎のうしろ姿を見て、急いで路地に飛びこんだときには、万五郎の姿を見失ってしまっていた。

（まいったな。姉上に頼むほかはないか……）

と思い、うしろを振り返ろうとしたときである。

目の前にある天水桶《てんすいおけ》の陰から、万五郎が姿を現した。

「たしか、樫原七之助どのですな。妹の香苗が世話になっております」

いきなりの出会いにしては不似合いな挨拶だ。

「は、はあ」

意表をつかれて、七之助はうなずくだけだった。

「いま、拙者を尾けていたとお見受けするが、なぜかな」

鋭い目で、七之助を見た。

「……それは、ほどよいところで、あなたを呼び止めて話をしたかったからです」

七之助は、正直に応えた。

「話を……どのようなことですかな」

と訊く万五郎に応えようとしたが、二人が話しているのを、胡散《うさんくさ》臭げに見ていく通

りがかりの者がいるので、

「ここではなんです。話ができる場所へいきませんか」

「そうですな。といっても、ゆっくりはできぬので、河原でもよろしいか」

「それでけっこうです」

七之助が応えると、万五郎はきた道を戻って、楓川の河原を下りていく。

川っぷちに出ると、万五郎は七之助に向き合った。

「では、お話をうかがいましょう」

「はい……昨夜の夜、わたしは二人の浪人の骸《むくろ》を見ました。斬ったのは、これも二人の浪人だったといいます。調べてみたのですが、斬られた二人は、新右衛門町の剣術道場に住んでいた者たちで、そこへ万五郎どのも足しげく出入りしていたことが分かっています」

七之助の言葉に、万五郎は驚いた表情を浮かべ、

「な、なぜそのようなことが分かっているのだ」

「八丁堀の同心ですから。いろいろとつてがあるのです」

まさか幽霊の姉が探ってくれたとはいえない。

「だ、だが、その道場に拙者が出入りしているからといってなんなのだ」

「道場にいる者たちは、もとは仲間だったと思われる盗賊団に命を狙《ねら》われているようなのです。そうではないですか」

「…………」

図星だったのか、万五郎は言葉に詰まった。

「道場にいた者たち、そして、馬喰町の旅籠にいた者たちは、世直しをしようと企てではいませんか」

「……そ、そこまで」

万五郎の顔が、明らかに青ざめた。

「あなたがたは、なにをされようとしているのです。ひょっとして公儀に楯突《たてつ》くようなことをされようとしているのですか。それなら、思いとどまっていただきたい。妹ごの香苗どののことも、よくお考えになることです」

「我らのことを知られていたとは、無念。まさか香苗が知っているわけではあるまい。なぜ、そこまで」

「ですから、つてがあると」

「どのようなつてだ」

「それはいえません」

「だから、役人などに世話になるなといったのだ。それを香苗は、厚意を無下にはできぬと……」

「香苗どのは、掛かり合いがありません。あくまでも、わたしの手先が探ったことなのです」

「うむ……」

万五郎は、なぜ露顕したのか戸惑い、眉根を寄せてうなった。

「なにもしなければ、わたしも不問にします。ですから」

「我らは、仕官の道を断たれ、赤貧に甘んじるほかはない。天下の武士たる者が、なぜこうも光明を見いだせぬのだ。みな、公儀が悪いのではないのか」

「い、いや、そうとばかりもいえますまい」

「おぬしにいったい、なにが分かるというのだ」

万五郎の顔は、みるみるうちに紅潮していく。

「わ、分かるつもりです。ですから、もっと穏便に」

「目安箱になど、なんども苦衷《くちゅう》を訴える文をいれたわ。だが、なんの動きもないではないか。我らのことなど、塵芥《ちりあくた》のごときものなのだ」

「そ、そうとばかりは」

「おぬしは、知りすぎている。そして、しょせん、おぬしは公儀の犬だ。犬は、我らの敵だ」

万五郎の手が、刀の柄《つか》にかかった。

「お、落ち着いてください」

「ええいっ、問答無用！」

万五郎は、刀の鯉口《こいぐち》を切ると、いきなり抜き打ちに七之助に斬りかかった。

「わっ」

七之助は、万五郎の刀を避けようと身を引いた。

《きゃっ！》

志保の叫び声が、七之助の耳に響いたと思った瞬間、胸のあたりに鋭い痛みが走り、うしろ向きに倒れこんだ。

あっというまもなく、七之助は河原を転げ落ち、流れの中に落ちてしまった。

薄れゆく意識の中で、

《七之助！》

志保の叫び声を聞いた気がした。

四

「旦那、旦那っ！」

耳元で、大きな声をあげられて、七之助は、

（うるさいな。誰だ、迷惑な奴は……）

目を開けると、由吉の太い眉毛《まゆげ》と丸い目が飛びこんできた。

（相変わらず、狸《たぬき》のようだな）

などと思っていると、

「ああ、よかった。目を開けないいんじゃないかと、どれだけ心配したことか」

目に涙を浮かべている。

起き上がろうとすると、頭がずきんとし、胸にも痛みが走った。

「いっ……」

顔をしかめると、

《頭を打ったみたいだから、すぐに動いちゃ駄目よ》

由吉のうしろから、志保が覗《のぞ》きこんだ。

「お、俺は……たしか、斬られたのだな」

万五郎に斬られて、川に転落したことまでを思い出した。

「そうでやすよ。川に落ちたところを、運よく通りかかった屋根船の船頭が見てやしてね。すぐに引き上げてくれたんでやすよ。旦那、気を失っていたから、かなり水を飲んでやした。船頭が水を吐かせてくれなかったら、いまごろは旦那は土左衛門でしたぜ」

由吉は、そういうとぐすんと鼻をすすった。

「斬られた傷は……」

「だいぶ血が流れてやしたが、それほど深い傷じゃあないそうでやす。お医者が縫ってくださいやしたから、傷がふさがるまでは無理をしちゃあいけねえそうです」

「そうか」

七之助は、斬られた瞬間を思い出して、ぶるっと震えた。

万五郎の剣の腕前はたいしたもので、いきなりの抜き打ちを、七之助はかわすことができなかった。

(川に落ちなかったら、二の太刀で息の根を止められていただろう)

そう思うと、ぞくりと背筋に悪寒が走る。

《本当によかった……》

志保が泣いているのが見える。

（姉上、心配をかけてすまん……）

七之助は、志保に声をかけたかったが、由吉の手前、それはできない。

（それにしても、ここはどこだ）

目だけをぐるぐるまわすと、六畳ほどの部屋なのが分かった。

おそらく自身番屋なのだろうと思い、そういうと、

「へえ、ここは坂本町の自身番屋でやす」

由吉は、町廻りが終わって、戻ってくる途中、奉行所の同心が斬られて自身番屋に運ばれたという野次馬たちの話が聞こえ、ひょっとしたらと、駆けこんできたのだそうだ。

《七之助、町役人が奉行所に、あんたが斬られたことを伝えに走らせたから、なにをどう話すか決めておいたほうがいいわよ》

志保の言葉に、

（さて、なんというか……）

万五郎の名前を出すのは、香苗のために避けたいことだ。

だが、公儀に仇《あだ》をなそうとしているのはたしかだ。嘘《うそ》をついて、大ごとになるのを防がないのは八丁堀の同心としての心が許さない。

逡巡《しゅんじゅん》しているうちにときが経ち、

「おい、樫原っ！　無事か、樫原っ！」

自身番屋に大声を出しながら、駆けこんできた者があった。

「あっ、相馬さま」

由吉の声で、それが義一郎だと分かった。

《なんで、こいつ《つ》がくるの》

志保は、眉を吊り上げて義一郎を見た。

「おおっ、無事じゃねえか」

義一郎は、七之助の顔を見て、にやりと笑った。

由吉から、傷の具合を聞くと、

「ははっ、それほどの傷で気を失うとは、へっぽこすぎるぜ。しかも、刀を抜き合わせもせずに、たやすく斬られてしまうとは、なんというていたらくだ。傷が癒えたら、もっと剣術に精進しなきゃな」

いっぽう的にまくしたてると、番太郎の出した茶をぐびっと飲んだ。

《憎ったらしいんだから》

志保は、呆《あき》れた顔をしたが、

《でも、駆けこんできた様子じゃあ、少しは案じてくれていたようね……》

義一郎を、多少なりとも見直す気分だった。

「それで、いってえ、誰に斬られたんだ」

義一郎は、七之助に訊いた。

七之助は、嘘をつくのはやめようと、このときに決めた。

奉行所の役人は、七之助ひとりではない。ほかの役人の助けを借りなくては、万五郎たちの暴挙をとめることはできないだろう。

香苗のために万五郎のことを伏せるなどとは、この段階では無理な話だ。

ただ、万五郎たちの企む暴挙がどのようなものか不明なのが、忌《い》ま忌ましい。

(斬られる前に、なんとか引き出せなかったものか……)

上手《うま》くすれば、あのように興奮していた万五郎なのだから、なにか口走ったかと思うと悔しい思いがする。

とにもかくにも、知っていることを、七之助は義一郎に話した。

公儀に謀叛《むほん》を働こうとしている浪人たちのことはもとより、押しこみをしていた浪人たちのこともである。

「な、なんてこった……」

義一郎は、目を丸くして驚いていたが、

「だがよ、おめえ、なんでそんなに探ることができたんだ。香苗って女を抱きこんで探らせたのかよ」

薄ら笑いを浮かべて訊く。

《やっぱり、いけすかない奴！》

志保の身体《からだ》が、青い炎に包まれはじめる。

「おや、なんか寒くなってきやしたね」

由吉が、手をすり合わせた。

「香苗どのはなにも知りません。此度《こたび》のことを知り得たのは、父の代から手となり足となって働いてくれる手先の者が、教えてくれたのです」

「ほう、便利な奴がいるもんだな。俺にも、その手先を使わせろ」

「そ、それが、もともと闇の世界の者なので、あまり人を信用しないのです。わたしの父が長年かけて飼い馴《な》らしたので……わたしはあとを継ぐということで、なんとかいうことをきいてもらっているのです」

出た。

七之助は、我ながら嘘が上手いなと思ったほど、すらすらと出まかせが口をついて

「ふん、いい父親を持って幸せなこった」

義一郎は悔しそうにいうと、奉行所へ戻っていった。

《いい気味だわ》

志保は、義一郎のうしろ姿に向かって、思い切り舌を出した。

五

七之助は、臥《ふ》せっているわけにはいかないので、翌日から奉行所に出仕した。

浪人たちが公儀に謀叛を働くという話は、さすがに当初は大げさだと思われたようだが、実際に七之助が斬られたことは、無視できない。

緊急に不穏な浪人どもを捕縛しろという命が、南町奉行の岩瀬加賀守氏紀《かがのかみうじのり》から発せられた。

だが、捕り方たちが青物町の仕舞屋を襲ったときには、すでに万五郎と四人の浪人たちの姿はなかった。

いっぽう、相川町にある廃寺では、盗賊を働いていた浪人たちを一網打尽にすることができた。

この浪人たちの話によって、ことの次第が明らかになっていったのである。

もともと、川端栄哲《かわばた》という武士が、食い詰めた浪人たちを集めて、世の中を変えなくてはいけないと説いていた。

そのためには、謀叛を起こすための資金がいる。資金を得るために、暴利をむさぼっている店を襲って金を奪うことは、目的のための手段としてなさねばならぬこととされた。

総勢は、二十人を超えていたという。ところが、この中の半数は、世直しなど絵空事で、金だけが目当てだった。

巷《ちまた》では、闇鴉一家という盗賊団が話題をさらっていた。大がかりな盗みをし、鴉の絵を残していくからだが、浪人たちは、その陰で容易《たやす》く押しこめる店を探してことに及んでいた。

ある程度資金が貯まってくると、世直しに関心のない者たちが、金を要求しだしたのである。

栄哲はそれを拒否し、金を持ったまま姿をくらましてしまった。

一時は、栄哲が独り占めしたかと思ったのだが、浪人たちが、世直し組と盗賊とにはっきりと分かれたあとになり、世直し組に金を渡し始めた。

それを知った盗賊たちが、世直し組を襲っていたのである。金を渡していたとはいっても、当座の暮らしに困らない額だが、それをひとりずつ殺して手に入れていたのだそうだ。

世直し組は、話せば分かるという態度だが、盗賊のほうはすぐに刀を抜いて斬りつけて殺していた。

人のいる前で殺した二人、つまり七之助が死体を見た二人のほかは、人知れず殺して川に流したり埋めたりしていたので、見つからなかったようだ。

栄哲についている世直し組は、盗賊浪人たちの話から割り出すと、おおよそ五人ほどしか残っていないようだ。

つまり、青物町の仕舞屋にいた、万五郎を入れての五人である。

それに栄哲を加えて六人が世直し組ということになる。

いつどのような形で、世直し組が行動するかが問題だった。

奉行所では、総出で、世直し組の探索が進められた。

だが、数日経っても目ぼしい成果は上がらない。

「おい、お前の使っている闇の世界の者は、世直し組のことが分からねえのか」

義一郎の問いに、

「盗賊ではありませんから、闇の世界とはつながりがないのだと思われます。ですが、ずっと探らせていますので、なにか分かったらお教えします」

「頼んだぜ」

さすがの義一郎も手がかりがないのと、相手がただの盗賊や殺しの下手人《げしゆにん》ではなく、公儀に謀叛を働こうという大逆人なので、日ごろの憎まれ口が影をひそめていた。

七之助は、探索のあいまを縫って、香苗の家を一度訪ねた。

すでに風間門左衛門が、香苗を自身番屋で吟味していたので、万五郎が謀叛らしきことを企てていることは聞かされていた。

「兄のことは、なんと申していいのか……そんな大それたことをしようとしているとは……わたくしには信じられません」

消え入りそうな声で、香苗はいった。

「……心中、お察しします。香苗どのは、ご自身のことを大事にされるとよいでしょう……」

七之助には、こういうほかはなかった。

万五郎は捕まれば、謀叛を企てたということだけで死罪だ。

それも、市中引きまわしの上、獄門になることは間違いない。

七之助は、あまり話すこともなく香苗の家を辞した。胸が重く塞《ふさ》がれるようで、辛《つら》かった。

その夜、夕餉をとっていると、志保が現れた。

《香苗さんのところにいったのね》

「ああ……」

《香苗さん、さぞ、お辛いでしょうね》

「うむ……」

言葉少ない七之助を見やって、志保はしばらく黙っていたが、

《傷のほうはどう？》

「塞がったよ」

《よかったわ。頭も大丈夫よね》

「ああ。もう平気だ」

七之助の応えに、志保は安堵《あんど》し、話題を変えた。
《わたしなりに、万五郎を探してみたのだけれど……見つからないわ。七之助なら、どこにいても、居場所が分かるのだけれど、身近でない人は無理ね》
「そうか。仕方のないことだ」
《でもね、手がかりは見つけたのよ》
「えっ……本当かい」
七之助の目が輝いた。
香苗と会ってしょげてはいたが、やはり同心としての血が騒いだのだ。
《盗賊たちに殺された浪人たちの霊と話せたのよ》
「そういえば、ぼーっとして、自分たちが殺されたことも分からなかったのだよな。それが正気に戻ったのかい」
《ええ。悔しくて成仏できなかったようだけど、みんな捕まったからすっきりしたっていってたわ》
「だが、世直しへの思い入れはまだ残っているのじゃないのか」
《残っているかと思ったら、そうでもないんですって。もともとは自分たちの暮らしを楽にしたいと思ってやっていたことだから、死んでしまえば、妻子もないからどう

でもよくなったのだって》

「それでは、盗賊団と変わりないな」

《死んでしまったからよ。まだ生きていたら、世の中を変えようとしていたことでしょう》

「ふうむ。それで、あの二人から、なにか聞けたのかい」

《それなのよ……》

志保は、これから話すことを思い出し、顔を強張《こわば》らせた。

六

八月一日は、八朔《はっさく》といい祝日である。

昔から、新穀《しんこく》の実りを祝う日となっている。

「たのみの祝い」とか「たのもの節句」などといわれることもあって、武家のあいだでは行事として贈り物をした。

贈り物は、馬や刀剣や料理などである。

将軍家からも朝廷へ御馬を献上した。

そして、この日は家康が初めて江戸に入った日として、将軍家にとって祝賀の日でもあったのである。

このめでたい日に、世直し組は、江戸を擾乱《じょうらん》しようというのである。

七之助は、また闇の世界の者から聞いたこととして、

「栄哲以下浪人数人は、江戸を騒がすために、江戸城を襲うそうです」

と、藤原帯刀に進言した。

「江戸城をか……なんと大それたことを。慶安の世の由井正雪のようなことをしようというわけなのか」

帯刀は、呆気にとられた顔をした。

公儀に楯突くとはいっても、そこまでのことをするとは、想定していなかったようである。

では、どのようなことを想定していたのか……実は見当もつかなかったというのが正直なところだった。

正雪のころのような貧しい世ではなく、いまは豊かな文政の世だ。江戸の市民は、浪人といえども、暮らしに困っている者は少ないはずだ。

「なぜにそのような……」

首をかしげる帯刀に、

「世に不満の種はつきまじと申します。不満を持つ輩《やから》は、いつの世にも出てくるものなのでしょうな」

同席していた風間門左衛門が、したり顔でいった。

「栄哲という男は、どのような者なのだろうな」

「さて……一種の狂人かと」

「そのように考えねば、辻褄《つじつま》が合わぬ」

帯刀と門左衛門の話を聞いていた七之助も、まったく同じ気持ちだった。

だが、その栄哲についていく万五郎たちの気持ちが分からない。

(栄哲という男の力に惑わされたのだろうか……)

そのようにしか、思えなかった。

江戸城襲撃のことは、義一郎や門左衛門の下っ引きたちが、破落戸《ごろつき》連中の噂《うわさ》で知ったと報告してきた。

いずれも八月一日に決行するということだった。

七之助が伝えたことを裏打ちしてくれた形だが、七之助は、噂になるなど、万五郎たちは不用意だと思い、そこに違和感を覚えた。

八月一日は、奉行所をあげて、そして幕府の旗本たちも、家来たち総動員で江戸城の警備に当たった。

城中では、白い帷子《かたびら》を着て将軍家を祝っており、城の中の華やいだ雰囲気と、外の緊迫した気配とではかなりの落差があった。

七之助は、馬場先御門のところで、早朝から警護の任に当たっていた。

いつもの着流しではなく、鎖帷子に鎖鉢巻きといった捕物出役《とりものしゅつやく》と同じ出《い》で立ちだ。奉行所のやる気を誇示するために、奉行がこの格好を命じたのである。

すでに陽は高くなって、四つ（午前十時ごろ）をまわった。

擾乱を企んでいる者たちがどこかに潜伏しているなど、夢ではないかと思わせるほど、さわやかな秋の日だった。

（栄哲という男は、幕府を転覆しようとした正雪を気取っているのか……それほど頭がおかしくなっているのか）

七之助は、ともすると、世直し組の心のあり方について考えてしまう。

何度も何度も考えるが、納得できはしない。

たった数人の浪人では、幕府の転覆はもとより、将軍の暗殺も無理だ。

せめて、騒ぎを起こして、不満をあまねく知らしめることくらいだろうか。果たして、それだけで満足できるのか。

そのとき、ふと、

(指揮している栄哲の真の狙いは、もしかしてほかにあるのではないのか……)

という思いが胸に去来した。

だが、その狙いがなんなのかまでは思いつかない。

(栄哲の姿形を、姉上は浪人たちの霊に聞いたといっていたが……)

髪が長くうしろでまとめており、作務衣《さむえ》のようなものを着ているそうだ。

それを聞いて、七之助はふと闇鴉の哲蔵を思い出した。

哲蔵のほうは、総髪で髪を垂らしている。着ているものは、医者のような筒袖《つつそで》に袴《はかま》だった。

もちろん、二人は別人だ。

(ん……)

そのとき、頭の中に閃光《せんこう》のようなものが走った。

(別人……果たしてそうなのか……)

捕物の手をかすめて逃走してから、哲蔵の話は絶えて聞かない。

もしかして同一人物だったとしたら……。

（いやいや、闇鴉一家が押しこみをしていたときに、川端栄哲は浪人たちに命じて、こちらも押しこみをさせていたのだ。両方を操っていたというのか……）

そんな器用な真似《まね》をしていた可能性は低い。

だが……。

（あり得ないことではない）

いったん思い始めると、その考えが頭にこびりついて離れなくなった。

（江戸城を襲うという噂が流れてきたことも怪しい。その噂がわざと流されたものだとしたら……）

《なにを難しい顔をしているの。もっとまわりに気を配らなくちゃ》

志保が現れていった。

ずっと江戸城のまわりをまわってきたのだそうだ。

《まだ不穏な人たちが現れる気配はないわよ》

早朝から警備に当たっている者たちのあいだにも、なにも起こらないのではないかという気持ちが強くなっていると、志保はいった。

《これからが危ないかもしれない》

七之助は、警護の者たちから、それとなく離れると、
「そうか……気を引き締めねばな。ところで……」
頭にこびりついていた疑念を、志保に話した。
《ふうん……妙なことを考えたものね。でも……》
志保には、七之助の思いついたことが、ただの戯《ざ》れごととはいえない気がした。
「まあ、こんなことを思っても、これから手を打つことはできないのだが」
七之助の言葉に、
《そうね。でも、やるだけのことはやらなくちゃ。わたしが探ってみるわ。なにか分かったら、教えにくるから》
「うむ。それがいい」
《まず、どこへいこう。なにを探ればいいの》
「えーと、栄哲が闇鴉の哲蔵だとしたらの話だ。こちらで騒ぎを起こして、なにをするだろう。もちろん盗みだ。それで、どこを襲う？ 大店《おおだな》？ 江戸で随一の大店かな……それはどこだ」
《えーと……》
「いやいや、大店はたかが知れている。もっと金のあるところだ……」

しきりに思いめぐらしていると、

「そうだ！　金座だ。金座に違いない」

そこ以上に金のあるところはないだろう。

《金座というのは、本石町《ほんこく》だったわね。調べてくる》

志保の姿が消えた。


川端栄哲、別の名を闇鴉の哲蔵は、本石町一丁目と本両替町のあいだにある金座の近く、料理屋八万《はちまん》の二階で、手下の者十名とともに、ときのくるのを待っていた。

料理屋八万の二階は二十畳あり、芸者を上げて宴席となることが多いが、このときは男だけ十人、しかも老若取り混ぜた町方の男たちときているので、料理屋の者たちは妙な連中だと噂していた。

ここにいる手下は、闇鴉一家とも、世直し組とも違い、今回の盗みのために別に集めていた。

（そろそろ、万五郎たちが城に近づいたころか）

哲蔵は、万五郎たちが自分の説いた世直しの論に、まんまとひっかかったのが面白くてしかたがなかった。

（武士だからこそのことだ。世間を知っている浪人でもああだから、役付きの武士など、もっとこちらのいいように操ることができるだろう）

にやりと不気味な笑いを浮かべた。

哲蔵は、もともと御家人だ。役職のない名ばかりの貧しい御家人で、将来役がつくこともない。その鬱憤《うっぷん》が溜まって盗みをはじめたのである。

兵法好きだったこともあり、人を上手《うま》く使って金を得ていた。そのうちに、人を操ることにかけてさらに習熟していったのである。

今回のことは、浪人をどれだけ騙《だま》せるかを楽しんでいた。

金座は、幕府から金の鋳造をまかされた後藤家の屋敷にある。鋳造した小判がたくさんあるに違いないと哲蔵は思っている。

（一度、小判を敷いて、その上で眠ってみたいものだ）

まだことが成ったわけでもないのに、笑みがこぼれてきた。

手下たちも、これからすることの興奮と期待で、料理屋八万の二階からは、異様な気配が漂っている。

金座のあたりを浮遊していた志保は、この気配を感じた。

《なんなの、これは》

八万の二階の窓から中を覗いてみると、《闇鴉の哲蔵！　間違いない。これから押しこむつもりよ。ということは、やはり、哲蔵は栄哲！》

「お頭、早く九つになりやせんかね」

手下のひとりが、待ちきれないのか、頭をかきむしっていった。

「焦るな。焦っていてはことをし損じるぞ。騒ぎが起こるまで待つのだ」

哲蔵が、にらみつけていった。

《九つ……正午に、押しこむ気ね》

志保は、一瞬で七之助のもとに飛んだ。

七

正午を告げる鐘が鳴った。

同時に、江戸城桜田御門に向かって、

「わーっ」

奇声を発しながら駆けてくる集団があった。

集団とはいっても、たったの五人である。

井草万五郎と、同じ仕舞屋にいた四人の浪人たちだ。

みな、甲冑《かっちゅう》を着て、抜き身の刀を手にしている。

もちろん警護の者たちは、一瞬怯《ひる》んだが、相手がたったの五人とみるや、一斉に抜刀し、迎え討った。

このとき、万五郎たちは、馬場先御門でも、和田倉御門でも突入する仲間がいるのだと栄哲から聞いていた。

お互いの顔は知らないが、志《こころざし》を同じくする者たちだという。これまで会わずにいるのは、公儀の目をくらますためだと栄哲にいわれていた。

まるでつながりのない浪人たちが、一斉に決起することになっていたのである。

その分、警護の者たちが分散するので、栄哲がその隙に大手門から城内に入りこむことになっていた。

城内に入った栄哲は、将軍と直談判《じかだんぱん》するといっていた。実際にそんなに上手くことが運ぶはずがないのだが、栄哲に洗脳されていた万五郎たちは、成功すると信じて疑わなかったのである。

襲撃した万五郎たちは、思ってもいなかったことに直面した。

警護の者たちが、想定していた数より、はるかに多かったことだ。これは、襲撃することが露顕していたので、警護の数を増やしていたからである。

そして、万五郎たちが知らないことだが、襲撃しているのは、万五郎たちだけだった。ほかの御門で騒ぎは起きていないことを、万五郎たちは知らなかった。

ほかでも、志を同じくする者たちが闘っている……そう信じて、万五郎と四人の浪人たちは、想定以上の数の警護の者たちと闘った。

修羅のごとき形相で、万五郎たちは、刀をふるった。

だが、多勢に無勢は如何《いかん》ともしがたい。

かなりの警護の者を斬ったが、万五郎たちも満身創痍《そうい》の状態で、いつしか退却する手筈だったことも忘れて、闇雲に刀を振りまわしはじめた。

そして、ひとり、またひとりと力つき、最後に万五郎が血を吐きながら倒れた。

なんとも虚《むな》しい斬り死にだった。

正午に近くなると、闇鴉の哲蔵と十人の賊たちは、料理屋八万を出て、金座の門の前に向かった。

近づいてくる男たちを見て、門番はなにごとかと息をのんだ。

正午の鐘が鳴ったと同時に、

「いけっ」

哲蔵の号令のもと、賊たちは金座になだれこむようにして押し入った。

門番は、あわてふためいて、その場から逃げてしまい、警護の者たちが気づいたときには、賊たちが屋敷に入ってきていた。

警護の小者たちは、不意をつかれたので応戦する気構えができておらず、あっというまに賊たちの長脇差で斬り殺されてしまった。

順調にことが運び、哲蔵が喜色を浮かべて用意した麻袋に小判を詰めていたときである。

「お、お頭《かしら》！　と、捕り方たちが！」

賊のひとりが青い顔で伝えにやってきた。

「なんだと」

このとき、哲蔵たちは、総勢三十人の捕り方たちに、金座のまわりを取り囲まれていたのである。

「闇鴉の哲蔵、そして盗賊の者ども、おとなしくお縄を頂戴《ちょうだい》しろ！」

凛《りん》として響いてきた声の主は、七之助だった。

襲撃より小半刻前、七之助は、志保から料理屋八万の二階でのことを聞き、すぐさま与力の藤原帯刀のもとへいった。

帯刀も捕物出役のときと同じ出で立ちだ。

火事羽織《かじばおり》に野袴《のばかま》を穿《は》き、陣笠《じんがさ》をかぶり、緋房《ひぶさ》のついた指揮十手《じって》を持っている。

七之助は帯刀に、

「わたしのかねてよりの手先から、いま大変なことを知らされました」

闇鴉の哲蔵の企みを話し、

「なにとぞ、捕り方たちを連れて、金座へ向かわせてはもらえませんか」

哲蔵と十人の賊を捕まえるためだと、必死に頼んだ。

「いきなりそのようなことをいわれても、にわかには信じられぬ」

帯刀は、首をかしげ、

「いまここで、捕り方たちを離れさせるのは、ここが手薄になるということではないか。そのようなことができると思うのか」

取りつく島もない。

相馬義一郎は、七之助と帯刀のやりとりを見ていたが、七之助に向かって、

「お前、わけの分からねえことといって、藤原さまを困らせるんじゃねえよ」

つかみかからんばかりにして怒鳴った。

「まあ、落ち着け」

帯刀のほうが鼻白む。

義一郎は、それでもやめずに、

「お前なあ、世迷いごといってんじゃねえよ。もし、それが本当なら、お前ひとりでもいってこいってんだよ」

怒鳴って、七之助をこづき、

「だが、万が一ってこともある。そこで、藤原さま」

帯刀に向き直ると、

「こいつが少し手勢を連れていったって、こっちの警護が手薄になるってもんじゃねえですよ。それは俺にまかせてください。だから、ほんの二十人ほど連れていったっていいんじゃねえんですかい。もし、金座を襲うってのが本当なら、それこそ大変なことになりますよ」

「う……む」

義一郎の言葉に、帯刀はついうなずいた。

「よしっ、藤原さまがよいとおっしゃっている。いってこい。いって恥をかいてこいよ、この糞野郎《くそ》っ！」

義一郎のおかげで、七之助は手勢を連れて、急行することができたのだった。

捕り方たちを集めている七之助に、義一郎はそっと近づき、

「二十人といわず三十人くらい連れていけ」

耳元でささやいた。

（な、なぜだ。なぜこうなる……）

哲蔵は、完璧《かんぺき》だと思っていた策略が失敗に終わったことに激しい衝撃を受けた。だが、こうなったら逃げるほかはない。

十人の手下を楯《たて》にしつつ、ましらの如《ごと》き身軽さで、以前のように包囲を突破しようとした。

捨て身で捕り方たちを斬ってすり抜け、逃走しようとしたのだが……。

「逃がさん！」

ゆくてをさえぎったのは、七之助だった。

十手を哲蔵の目の前にかざし、

「お縄につけっ！」

にらみつけた。

哲蔵は、まったく怯むことなく、

「この若造が。死ねっ！」

匕首で、七之助に襲いかかった。

びゅんと音を立てて匕首が七之助の頬をかすめた。

七之助は、かがみこむと、哲蔵の脾腹《ひばら》を十手で激しく突いた。

「ぐふっ」

哲蔵は、腹から力が抜けて倒れこんだ。

上から、七之助がのしかかり、

「これでお前も終《しま》いだ。観念しろ」

素早く、縄をかけて縛り上げた。

七之助は、やっと哲蔵を捕まえたと思うと、安堵の溜め息が漏れた。

「負けた。だが、なぜ負けた……」

哲蔵は、苦しげにつぶやいている。

自分の企みが失敗に終わったことに納得できないようだった。

《お見事》

いつのまにか現れた志保が、七之助に声をかけた。

七之助は、照れくさそうな笑みを志保に向けた。

江戸城襲撃と、金座襲撃の両方ともに、ことなきを得て、奉行や旗本以下、みなは安堵した。

その日のうちに、七之助は重い気持ちを引きずって、万五郎の死を香苗に伝えにいった。

「兄上の万五郎どのは、貧しい者を救うために立ち上がったのです。その心は清いものでした」

七之助の言葉を黙って聞いていた香苗は、

「そのようにおっしゃっていただいて、兄も浮かばれます」

深々と頭を下げた。

七之助は、そのまま香苗の家をあとにしたのだが、ついに香苗は七之助を見ることはなかった。

「香苗どのは、俺を見なかった。本当は、俺を恨んでいるのかもしれん」

組屋敷で、七之助は志保にいった。

悪事に加担し、そのために命を落としたとはいえ、血を分けた兄と妹だ。だから、結果的に万五郎を死に追いやった七之助を、香苗は恨んでいる……七之助は、そのように思えたのである。

《そんなことないよ。もし、あんたと目と目が合えば、泣き崩れてしまうのを恐れたんだと、わたしは思うわ》

志保の言葉に嘘はなかった。だが、七之助は、自分を慰撫《いぶ》するためにいってくれたのだと受け取った。

数日が経ち、七之助はまた香苗の家を訪れた。

すると、すでに香苗は立ち退《の》いていた。

隣家にいくと、香苗が書いた七之助あての手紙を渡してくれた。

京橋川の河畔まで歩くと、川風に吹かれながら、七之助は手紙を読んだ。

そこには、しばらくのあいだだったが、七之助と話しているときは、この世の憂さを忘れることができて幸せだったと、感謝の言葉が書いてあった。

そして、死ぬことを予期したのか、兄が密《ひそ》かに置いていった遺髪を持って故郷にもどり、兄の弔いをしながら暮らすとも……。
手紙を畳んで懐に入れた七之助は、空を見上げた。
天高く馬肥ゆる……高い高い秋の空を。

本書は時代小説文庫（ハルキ文庫）の書き下ろし作品です。

時代小説文庫

あ 21-5

お助《たす》け幽《ゆう》霊《れい》 同心七之助《どうしんしちのすけ》ふたり捕物帳《とりものちょう》

著者 芦川淳一《あしかわじゅんいち》

2014年3月18日第一刷発行

発行者 角川春樹

発行所 株式会社 角川春樹事務所

〒102-0074 東京都千代田区九段南2-1-30 イタリア文化会館

電話 03(3263)5247[編集] 03(3263)5881[営業]

印刷・製本 中央精版印刷株式会社

フォーマット・デザイン＆シンボルマーク 芦澤泰偉

ISBN978-4-7584-3809-4 C0193

http://www.kadokawaharuki.co.jp/[営業]
fanmail@kadokawaharuki.co.jp[編集] ご意見・ご感想をお寄せください。